夫妻討飯

傳奇義丐馬瞎子

上官太白 著

本故事改編自二十世紀上葉，中國陝西省關中地區人人盡知的義丐馬瞎子與其妻喜鵲行乞五十年的真實故事。

1

清光緒戊戌年間，馬道霖家張燈結綵，一派喜慶場面，一家人為準備公子馬辛奇的新婚大典忙得不可開交。

不料，這天夜晚，數百頭狼突然呼嘯而來，一聲又一聲淒厲的狼嚎撲天蓋地，遠近呼應，令人毛骨悚然。狼群由遠及近地進村入鎮，有的甚至撲在了臨街住戶的門框窗櫺，鬧著要進去。人們被嚇呆了，大人個個不敢出聲，小孩們被唬得連哭都不敢。

狼群跳牆越垣，一時雞飛狗跳，豬羊的慘叫聲撕心裂肺。男人們把大門關了又關，頂了又頂，哆哆嗦嗦地拿著棍棒、攥著菜刀，膽小的女人們蜷縮在床上，用被子死死地蒙住頭，經過世的老人帶著極大的恐懼告訴家裡的後生——這就是傳說中的「狼風」啊！自古的說法是「狼風起，災難至」，這一次不知道災難會降臨到什麼人的頭上啊。

可怕的「狼風」終於過去了，灞河川上，驪山腳下死豬死羊遍地，到處血腥一片，經過了一場曠古浩劫。

2

馬道霖家——

馬道霖妻與家人討論：「古話說：『狼風過，災難至。』這可是大不吉利的呀！你們說，公子辛奇的喜事，到底是按照原訂的時日辦？還是推遲一段時候再辦？」

馬道霖聽到議論後走進來，對妻子說道：「馬家世代詩書，一向口出如山，喜帖已經發出，婚事哪有推遲之理？」

看著家人的疑慮，馬道霖又說：「澧峪嶺鎮上，我們馬家是首屈一指的大戶，一街一街的鄰里都等著藉馬家這場喜事沖一沖狼風的晦氣呢！所以，喜事不僅要辦，而且還要大辦！」

3

澧峪嶺街市——

鄉約周守仁帶著兩個隨從大搖大擺地在大路中央行走，往來的百姓忙不迭地紛紛避讓。

一名乞丐因過度饑餓癱軟在地，恰好臥倒在周守仁的前方。周守仁一言不發抬腳便踢，兩個隨從也上前幫兇。

乞丐被踢打得滿地翻滾，其狀慘不忍睹。

路邊百姓個個憤恨，卻無人敢言。

馬道霖乘著轎子恰巧路過，見狀落轎，義憤填膺地對著周守仁大喝了一聲：「住手！」

周守仁的兩個隨從看見馬道霖，急忙停止對乞丐的毆打，膽戰心驚地站在一旁，周守仁卻又抬起腳來狠狠向乞丐踢去。

馬道霖轎夫暗中發力，不動聲色地用腳擋了周守仁一下，周守仁一下子仰面朝天跌倒在地。

馬道霖氣憤地指著周守仁質問：「你是什麼人？為什麼要欺凌一個乞丐？」

周守仁在隨從的攙扶下一邊往起爬一邊大聲地說：「本地鄉約！本地鄉約！周鄉約！」

馬道霖一臉怒容：「鄉約雖不入流，卻也算是官衙的協辦，當街毆民你就不怕損害政風？」

周守仁強詞奪理：「大清風調雨順，國泰民安。此人冒充乞丐，妨礙觀瞻，分明是在為大清抹黑！」

馬道霖厲聲打斷：「一派胡言！此人身殘為丐，其苦一望可知，你身為官衙協辦，不予撫恤，已為大錯，無緣無故，橫加毆打，行為與地痞何異？」

周守仁再欲辯解，馬道霖已轉過身去招手喚來街邊飯館老闆：「熱菜熱飯任其飽餐一頓，費用會派人送來！」

說完，馬道霖上轎揚長而去。

街頭，冷冰冰地留下周守仁一人。

隨從低聲對周守仁說道：「這位馬道霖，有功名的，是當朝秀才！平日裡見官不跪，道台府以下的衙門，大搖大擺地進，連縣太爺都讓著他！咱們不好得罪！」

周守仁一陣咬牙切齒：「老子認識他！」

4

周守仁小屋中，郎中為周守仁抹貼膏藥。

周守仁銜著惡氣罵罵咧咧：「媽的，說我是個協辦，不入流！一個轎夫竟敢當街踢我！」

郎中在一邊話中帶梗：「怎麼能說你周鄉約不入流呢？一官二紳，九儒十丐，就算你是個協辦，那也是跟在官的屁股後面，他馬道霖是儒啊，不過在丐的前面！」

周守仁沒有聽出郎中的諷刺，咬牙切齒地詛咒著：「媽的！早晚，我讓他排在丐的後面！」

5

夜晚，月淡星稀，馬道霖的家門被輕輕敲響，家丁們詫異地打開大門，馬道霖在燈籠的照耀下，看到了失魂落魄的學友白向空。

密室之內，白向空告訴馬道霖，說自己積極參與了維新變法，變法失敗後，被革職緝拿，化裝為游方和尚才躲過通緝，並垂淚訴說了當年一些同科學友因變法被殺被貶的情況。

馬道霖一番歎息之後，邀請白向空在自己家中長住以避難，並拍著胸脯說道，自己乃當地名紳，從來無人敢擾。

白向空一聲苦笑：「哼！無人敢擾？馬兄忘了你那篇慷慨激昂的〈八聲甘洲〉嗎？汝發表詞文頌揚新政攻訐太后即為反叛！能夠自保已屬蒼天眷顧，哪裡還有力量來維護我這個『亂黨』？」

馬道霖頓時失語。

兩人唏嘘了一番之後，白向空對馬道霖說道：「我有一個髮小，叫蕭望德，此人只認孔方兄，從不過問時政，現已成關中首富，他或者能夠救我一命。」

次日，天色未明，白向空悄悄走出馬道霖家，馬道霖站在門檻之內流淚作揖，白向空腳步輕盈，小心翼翼地消失在晨霧之中。

6

正午，街上車水馬龍，人聲鼎沸，馬道霖率領家人以誇張的舉止，在門外掛上一塊書寫了「祖傳偏方，醫助鄰里，馬郎中」的牌匾。

一位路人見狀驚歎：「您老人家乃本朝秀才，是大人哪！行醫不過是您老行善，怎麼能公然掛出『郎中』這種不入流行當的牌子呢？」

馬道霖急忙拱手：「哪裡有什麼秀才、大人？讀過幾頁詩詞而已，自知不懂國事！配草藥，治病痛，才是鄙人多年來的本業！」

7

華山腳下，一輛馬車停在路口，遠遠望得見某寺廟，蕭望德與白向空走下車，蕭望德說道：「自古佛門不清靜，三皇五帝到如今，多少落難英雄匿身在廟堂之內，又有多少斷翅鴻鵠從寒刹中一飛沖天！本刹主持已經老邁，我捐足了善銀，向空兄國學功底深厚，對佛經也早有研究，有心向佛，也許真能修出正果，無意出家，也能求個平安。」

白向空兩眼含淚，慢慢地將雙手合什……

8

關中道上響噹噹的戲班「雲陽社」在馬家大門對面空場的戲樓上搭好了戲台，象徵喜慶的龍鳳彩旗兩面排開，大紅戲幔高高掛起，戲社的班主鄭天呂是馬道霖少年時代的同窗好友，特地將戲台佈置得一派喜慶氣氛。

實為惡霸的鄉約周守仁豢養了一個吹拉班子，一向壟斷著斷障嶺人家紅白喜事時的吹打彈唱，藉此敲詐百姓錢財，被大家厭惡地稱為「嚎喪班子」。

馬道霖家取親，周守仁非常希望讓自己的戲班承辦，藉此抬高社會地位，他接二連三地托人去說服馬家，一再表示分文不取。不料，周守仁的說客被馬道霖的家丁傲慢地擋在了門外，連開口的機會都沒有給。

周守仁被激怒了，卻又無可奈何，暴打了「嚎喪班子」的班主周賴皮一頓以出氣。

馬家大院，歡聲笑語，喜氣沖天，一派豪門榮華。

簡陋的鄉公所內，周守仁面對兩三盤小菜在飲酒，街上隱隱約約傳來「馬府迎親，遠近路人皆有喜酒可喝」的議論。周守仁的臉上交織著羨慕、嫉妒和由此產生的敵意。

周賴皮在一旁煽風點火，說馬家公然請雲陽社搭台唱戲，分明不把鄉約放在眼裡，攛掇周守仁出面滅一滅馬家的威風。

新仇加上舊恨，周守仁臉上露出憤恨的表情，卻又無計可施。

這時，一名手下拿來一封公文，向周守仁報告：「縣衙轉來巡撫的刑函，秀才馬道霖發表反文，糾結亂黨，奉朝廷旨意褫去功名，著地方官吏嚴加看管。」

周守仁聽了先是大吃一驚，即而，又由吃驚逐漸轉為得意。

周賴皮幸災樂禍地說道：「沒想到赫赫馬家也有今天，咱還不趕緊去好好地懲治懲治他們馬家！」

周守仁側耳傾聽著街上「馬府迎親」的議論，臉上飄起一片陰冷。他狠狠地將一杯酒倒入口中，緩緩地說道：「急什麼，沒到日子呢！」

9

馬道霖迎親之日，來的人格外地多，除本地親鄰，十里八鄉的土豪、財東、鄉紳等有身分的人物也紛紛前來道賀。大家全都希望藉馬家這場盛大的喜事沖一沖狼風所帶來的晦氣，所以場面格外地熱鬧。

管家帶領一群下人在門口招呼鄉親，馬道霖和老伴在堂上迎接客人，門口收禮的、吆喝的、迎客的，和看熱鬧的、湊熱鬧的，熙熙攘攘，熱鬧非凡。

馬辛奇迎娶新娘子的隊伍帶著濃郁的陝西民俗，吹吹打打地進了村口，一大群孩子鬧鬧嚷嚷地尾隨其後撿拾紅包。

鄉公所內，周守仁十足的小人得意，他召集手下，讓大家傳閱了處置馬道霖的那份公函之後，又顯出一臉猙獰對手下低聲授意，接著將眾鄉丁一分為二，命周賴皮領了一夥直奔喜氣洋洋的戲場，自己則帶著另外一夥，殺氣騰騰地朝著張燈結綵的馬道霖府走去。

場院上，大戲開場，喜慶鑼鼓通堂敲過，戲班班主鄭天呂親自出場，一段胡琴先聲奪人，悠揚歡快的琴聲剛一響起，就贏得場下一片喝彩。

戲正唱到酣處，周賴皮帶著那夥鄉丁突然之間衝上戲台，厲聲喝斷正在演出的戲。頓時，場內一片混亂。

鄭天呂質問為何攪戲？

周賴皮敲著鑼得意忘形地喊叫：「本鄉秀才馬道霖，自戊戌動亂以來，先是發表反詩，私通亂黨，後又不甘失敗，誹謗政綱，懷恨朝廷，以行醫為名，網羅鄉間不忠不孝之徒，揚言繼承戊戌精神，完成康梁未竟之業，妄圖東山再起，現已被褫奪功名，著地方官吏嚴加看管！誰敢再跟著起哄，統統按馬道霖同黨處理！」說著，周賴皮強行驅散看戲的人群。

* * *

馬家大院內，馬辛奇的婚禮已進行到最熱鬧的場面。

新娘與新郎一拜天地，二拜父母……

馬道霖夫婦披紅掛綠，正在接受新娘新郎的叩拜。

突然，一陣喧鬧，周守仁帶著手持刀劍的鄉丁闖入了院內，其中兩個鄉丁竟然登堂入室，掀掉了正跪在地上叩頭的馬辛奇新娘子的蓋頭。

馬道霖的妻子見狀氣得尖叫了起來：「這是哪裡來的不懂規矩的東西？」

馬道霖怒髮衝冠地站了起來：「來人！給我打出去！」

正跪在地上拜天地的馬辛奇飛身躍起，將一個離得最近的鄉丁打翻在地。

眾鄉丁們剛想一擁而上，周守仁卻伸手制止了，他拿出公文，得意洋洋地向馬家的人們抖動了幾下，冷笑著說道：「馬道霖，馬老爺，您老人家了得呀！言行舉止，列為鄉里楷模，諸事自律，縣令不得約束；大堂之上，你見官免跪；家中失竊，道台必須親臨……」

馬道霖怒不可遏地打斷周守仁的話：「朝廷恩典，與你何干？」

周守仁一聲冷笑：「與我有關了！這是公文，你聽好了，馬道霖懷恨朝廷、發表反詩、參與動亂，為戊戌亂黨……」

周守仁得意地宣讀完公文之後，大喝：「綁！」

眾鄉丁上前綁了馬道霖。

馬辛奇的徒弟們聞訊趕來，拔刀相向，與鄉丁形成對陣，欲搶回馬道霖。

馬道霖急忙喝止：「公文即朝廷，不可造次！」

周守仁看著繩索加身的馬道霖，滿意地說道：「你老人家說過，我只不過是官府的協辦，一個不入流的鄉約，可是沒有辦法，巡撫讓地方官吏對你嚴加管束，縣太爺對你沒什麼興趣，就把你這個老爺交給了我這個協辦！我今天是依照當朝律法把你帶走，但我是一個好心人，你們家的新娘子去領，我也許會把這個被革秀才放回來！」

10

馬道霖被帶走了，馬家人被突如其來的災禍驚得呆若木雞。

馬辛奇的一位徒弟望著馬辛奇妻說道：「讓新娘子去領？這個周鄉約肯定沒安好心！」

馬辛奇不解。

徒弟說道：「惡霸周守仁當了鄉約之後，就搬出所謂的『初夜權』陋俗，規定鄉裡所有人結婚，新娘子都必須先入周守仁的公館，誰要是反抗，就得蹲黑牢。」

眾人這時才恍然大悟。

馬辛奇咬牙切齒道：「大不了你死我活！」

馬辛奇的徒弟們也異口同聲：「誰敢碰師娘一根寒毛，就和誰拚命！」

但是，馬家人的憤怒之中畢竟少了一絲底氣，多了一絲膽怯。無論如何，周守仁所持公文上的一句「康梁亂黨」，使馬道霖失了功名，情況頓時不同了。

11

周家──

周守仁讓手下把馬道霖押入大牢，接著便和手下飲酒作樂，慶賀自己終於壓倒了原本是人上人的馬道霖。

＊　＊　＊

馬家──

一家人為馬道霖被抓一事一籌莫展，這時，馬辛奇妻挺身而出，說她決定去鄉公所找周守仁，換回公公一條命。馬家人堅決反對。

馬道霖妻道：「周家是萬萬不能去的，我們明知道他沒安好心，怎麼能夠讓妳往虎口裡闖呢？」

馬辛奇妻泣淚爭論，一家人議論紛紛，最終不得要領。

新房內——

馬辛奇妻子跪倒在馬辛奇的面前，聲淚俱下：「身為馬家媳婦，置公公的生死安危於不顧，日後如何抬頭做人？」

馬辛奇堅持不允。

馬辛奇妻低聲說道：「我已經想出了一個計策，你聽我說……」

＊　＊　＊

12

當天傍晚，鄉公所內，周守仁嘻皮笑臉地欲對馬辛奇妻實施無禮，他一把將馬辛奇妻的衣服扯開。

馬辛奇妻帶著大義赴死的心態讓周守仁轉過身去，說她自己脫，等脫好了再讓周守仁轉過來。

周守仁自然得意洋洋，喜不自禁。

不料，周守仁剛一轉身，馬辛奇妻就從背後抱住了周守仁的脖子，並且飛快地從腰中拔出一把刀抵在周守仁的脖子上，命周守仁下令放了馬道霖。

周守仁百般尋找時機脫身，可馬辛奇妻把尖刀緊緊地抵在他的脖子上，周守仁無奈，只得對著院子裡大喊，讓手下放走了馬道霖。

13

馬道霖回來了，馬家一片寂靜，沒有一個人說話，也沒有一個人敢說話。

馬辛奇想問什麼，看看大家，欲言又止，天空中傳來幾聲烏鴉的叫聲。

終於，馬道霖爆發了，他幾近瘋狂地責罵馬辛奇：「為什麼要讓你的妻子入虎口！嗯？為什麼！」咆哮之後，馬道霖傷心地哭了。

天快黑的時候，馬辛奇妻竟然出人意料地回來了。

大家心疼地看見她臉上被打的印痕和渾身的血跡，似乎都知道發生了什麼事。眾人想上前說什麼，又都不知道該說什麼。

馬道霖妻極度無奈地喊來了丫鬟，攙扶著馬辛奇妻走入了依然張燈結綵的洞房，洞房的燈亮了一夜。

周守仁被馬辛奇的媳婦掃了興，氣正不打一處來。

周賴皮跑來對周守仁安慰地說道：「昨天去攪雲陽社的戲台時，發現戲班中那個唱青衣的坤角小青，年輕漂亮，比馬道霖的家的新娘子好看多了！」

周賴皮還說，現在戲班子還沒出村，不如把那個坤角請來，給周鄉約解解悶。

周守仁一聽立刻來了精神，即刻叫周賴皮前去傳話，說要請班主吃飯。

14

雲陽社戲班給馬家婚事的大戲沒唱完，因為馬家出了事，只得草草收場。班主鄭天呂向馬道霖辭了行，正在吩咐戲班的兄弟們收拾行囊，準備打道回府時，鄉約周守仁派人來請班主赴宴。

鄭天呂起先不肯，但又惹不起，無奈之下，只得應允。

席間，周守仁提出要請雲陽社戲班子去周家大院唱堂會，鄭天呂堅決不應。周守仁威脅班主如果敬酒不吃吃罰酒的話，就以私通亂黨的罪名，拘了雲陽戲班。

鄭天呂無奈，只好領著戲班進了周家大院。

雲陽社戲班在周家大院唱了一齣又一齣，周守仁眼睛直勾勾地盯著小青，直看得傻了眼。

周守仁一心要把小青弄到手，便向班主提出，要留一個角加入他的戲班。

鄭天呂問要留誰，周守仁說要留小青。

鄭天呂不肯。

周守仁又說留班主和小青兩人，鄭天呂仍不肯。

周守仁步步威逼，鄭天呂是誓死不從。

周守仁看一計不成又生一計，改口讓班主收周家戲班的琴師沙四為徒，教三個月琴就放班主走，這三個月戲班就住在府中，一切費用照付。

鄭天呂無奈，只好收沙四為徒。

周守仁設香案讓沙四拜鄭天呂做了師傅。

15

馬家，除了馬辛奇，馬家上下因為「初夜權」的事，每次見到馬辛奇妻都是一副欲言又止的神態。

日子就這樣一天天過去了。其間，馬道霖逐漸變得少言寡語。馬道霖妻沒話找話，總想找機會對馬辛奇妻說點什麼，馬辛奇妻卻頻頻躲避，只有馬辛奇卻跟無事人一般，對其妻愛護有加。

終於，馬辛奇妻身形顯露，被馬道霖妻看了出來。

馬辛奇妻懷孕的消息頓時讓馬家上下炸開了鍋，僕人們在私底下議論紛紛。馬道霖妻對此反應激烈，堅決要求打掉這個孩子，而馬辛奇卻堅持留下孩子。面對家人的爭論，馬道霖沉默良久之後一錘定音：「生！」

儘管馬道霖的決定平息了大家嘴上的爭論，但異樣的表情，猜測的眼神，仍然傳遞著人們對馬辛奇妻腹中之子的敵意。

馬辛奇帶著一臉氣悶，走出家門，來到林中打獵，發現早前下的套子竟沒套得一個獵物，失望之餘在林中空地上打起長拳。一個旋風腿轉過，突然發現草窩中的一個套子裡，套住了一隻香獐。

馬辛奇急忙收了拳腳，解下香獐，一看麝香包子鼓鼓囊囊，比拳頭還大。馬辛奇不禁歎道：「打獵十年，但還從未獵過如此大的獐子！」

被周守仁去冠凌辱之後，一直沉默苦寂的馬道霖望著帶血的香囊，竟微微綻開了一絲笑容，馬家的家丁下人們更忍不住當街誇耀了起來。

周守仁很快便聽說了此事，他以封山禁獵為由，命手下去馬家傳令，要求馬辛奇將香獐上交鄉公所。

馬辛奇來到鄉公所找周守仁理論，不想周守仁以違禁狩獵為藉口，將馬辛奇押入牢中。

馬辛奇憤怒地大罵周守仁，周守仁卻冷笑著叫來手下，一番耳語之後，手下領命去了馬家。

＊　＊　＊

馬家——

馬道霖從街上回來，聽說馬辛奇為了香獐跟著鄉丁去找周守仁理論，頓時驚呼：「壞了，壞了！」

一家人不解：「自古以來靠山吃山，就算是禁獵，那也得事先貼出一張告示吧！」

馬道霖說：「什麼禁獵不禁獵，告示不告示的，馬家如今是罪戶，那周守仁說如何便是如何，馬辛奇開口一爭，便是不服管束，對抗官府！」

馬道霖一番話說得一家人都坐不住了，馬家上下頓時一片驚慌。恰在這時鄉丁走進馬家，稱馬辛奇擅自上山狩獵，已被關入大牢。馬家人趕緊與鄉丁交涉。

鄉丁說道：「要想放人，就要把麝香上交。」
馬道霖忍氣吞聲，親手將麝香奉上。
鄉丁不接，說道：「周鄉約有令，須由馬芸兒送至鄉公所。」
馬道霖憤怒之極，詢問為何如此？
鄉丁回答：「為的是讓馬家從長自幼領受到律法的嚴峻。」
馬辛奇妻臉色一變脫口問道：「他周守仁是又起了壞心吧！」
鄉丁回答：「周鄉約料定你有此一問，他讓我也反問一句，『初夜權』一事他為難你了嗎？」
馬道霖指著鄉丁質問：「將一個十四歲的小女子單獨帶走，你此舉奉的是何人之命？」
鄉丁一聲冷笑：「依《大清律法》，凡因罪被革去功名的舉人、秀才，由地方官吏監管節制！」
馬辛奇妻嗤之以鼻：「一個鄉約，也算官吏？」
鄉丁話中帶刺：「周鄉約僅係官衙協辦，依品秩並不入流，但既然受了本縣縣令差遣，便不敢不管你們的事情了！」
馬道霖無言以對。
馬道霖妻見狀，忍辱含垢地忙取出一錠大銀。

鄉丁面色如霜：「你敢向前一步，便以行賄之罪鎖了你一家！」

馬道霖被迫讓步：「請讓我與女兒同往！」

鄉丁：「鄉公所狹小，站不下兩個監控之人！」

馬辛奇妻忍無可忍：「芸兒要是硬不去呢？」

鄉丁話語平靜：「被革之人抗命不遵，抓！」

馬道霖氣憤難耐：「那無非就是抓我嘛？」

鄉丁：「未必！」

馬道霖：「你還能把我一家人都抓了？」

鄉丁：「依《大清律法》，革員造反，滿門抄斬！」

此言一出，馬辛奇妻並馬家人頓時語塞。

終於，馬芸兒手捧香獐慢慢地走進了鄉公所。

周守仁讓手下放了馬辛奇，卻留下了馬芸兒。

周守仁看著這個馬芸兒，眼前浮現出上次被馬辛奇妻捉弄的事情，惡狠狠地朝著馬芸兒撲了過去。

馬芸兒手中的香獐掉落在地上，哭喊聲撕心裂肺！

周守仁強姦了馬芸兒之後，向手下那一群惡棍揮了揮手。

馬芸兒悲慘的叫聲慢慢地微弱起來……

16

馬家老少正等得心焦火燎時，馬辛奇回來了。

馬辛奇妻忙問：「芸兒呢？」

馬辛奇說他沒見到芸兒。

馬家人的臉上不由地一驚，馬辛奇妻驚惶地說道：「芸兒拿著香獐去換你了！」

馬辛奇一聽，臉色頓時變的陰暗，他操起一把尖刀，不顧一切地要去周守仁家找芸兒。

馬道霖妻與馬辛奇妻一同上前把他死死地抱住。

馬道霖喝住馬辛奇說：「現在還不知道是怎麼回事，你不能去，你是咱家的獨苗，要去也只能我去！」

馬道霖妻也說：「周守仁再壞也不至於難為一個十四歲的孩子吧？」

傍晚，馬道霖一臉悲愴地背著馬芸兒回來了，一名僕人緊隨其後。

馬家其他人一聽到下人說馬道霖帶著馬芸兒回來了，急忙趨前探視。

馬道霖將眾人擋住，老淚縱橫，只讓馬道霖妻和馬辛奇妻上前。

室內——

馬道霖妻和馬辛奇妻為馬芸兒清洗身子，兩人邊洗邊流淚不矣。

堂屋——

馬辛奇向馬道霖詢問事情的經過，馬道霖長歎一聲，默默無語。

室內——

馬辛奇妻用手摸了摸芸兒圓鼓鼓的小腹，芸兒尖叫一聲，渾身抖個不停，下身湧出更多的血來。

馬道霖妻慌了，急忙叫來馬道霖。

馬道霖進來，叫了芸兒兩聲，見她已經不省人事，立即為她把脈，然後從藥匣子中取出一隻小瓷瓶子，倒出三粒馬家救命絕方「六味濟生丸」給芸兒餵下。

一家人坐守到後半夜，眼見芸兒的臉漸漸變得像一張白紙，腳手也涼了半截。

馬道霖流著淚對妻子、兒子和兒媳說：「救命的藥已經服下了三個時辰，還不見起色，芸兒怕是不行了，給娃穿過世衣服吧。」

馬辛奇一聽，大叫一聲：「是哥害了你，是哥害了你……」

馬道霖妻和馬辛奇妻泣不成聲。

馬辛奇走到芸兒身邊，咬牙切齒地說：「哥一定給你報仇，不殺周守仁誓不為人！」說完，操起一把尖刀衝出門去。

等眾人反應過來，早已不見馬辛奇的人影。

17

馬辛奇衝進鄉公所，周守仁正在一邊看戲，一邊飲酒作樂。

馬辛奇衝到周守仁跟前，被幾個鄉丁擋住，雙方拳腳相向，戲台上一片混亂。

戲班班主鄭天呂認出，來人是同窗好友馬道霖的兒子，急忙上前動手攔阻。

不料，馬辛奇打飛鄭天呂，衝上前去，砍倒了幾個鄉丁，正要砍向周守仁時，一張大網從上落下，將馬辛奇扣在網中。

周守仁命手下將馬辛奇押入大牢。

鄭天呂無可奈何地長歎一聲，急忙差人前往馬道霖處報信。

＊　＊　＊

馬道霖家——

一家人正在辦理馬芸兒的喪事，忽然戲班的一個小戲子跑來喊道：「馬老先生，馬老先生，你們家的馬辛奇被周守仁抓進大牢了！說是行刺鄉約，連殺數人，打算報官問斬！」

馬道霖一聽頓時驚呆，半晌不能言語。

馬道霖妻一句話哽在咽喉未及說出，竟口吐鮮血，一命嗚呼。

＊　＊　＊

家遭大難，馬道霖深受打擊，已無心發喪。

左鄰右舍念及馬家往日的照拂，主動幫助馬家設了靈堂，前往弔唁。

周守仁聽說此事，顯露不安。

周賴皮不知天高地厚地說：「馬道霖是一個被革的秀才，你是現任的鄉約，怕他幹什麼？」

周守仁心煩意亂地訓斥：「人家畢竟樹大根深，就是府台大人也讓他幾分，上邊真的要追究起來，我一個鄉約能算什麼？」

周賴皮就說：「那咱就一不做二不休，索性滅了馬家！」

周守仁賊眼一轉，對著手下鄉丁如此這般地吩咐了起來……

片刻之後，周守仁的手下敲著鑼滿條街地叫喊起來：「亂黨馬道霖不甘失敗，網羅鄉間不忠不孝之徒，以香獐賄賂官府，行賄遭拒。其子馬辛奇持械殺人，馬家一老一少畏罪自殺。凡本鄉村民，須遠離亂黨，不得捕風捉影，否則概以亂黨論處！」

喊聲起處，前來馬家悼念的人們不得不紛紛離去。

18

雲陽社戲班班主鄭天呂因馬家的變故，心中憤憤不平，想離開周家大院，又無奈周家門戶緊閉，無法脫身。

周守仁眼看著小青就在院內，但幾次欲圖不軌均未得成，於是叫來了沙四耳語一番。

沙四為師傅鄭天呂舉辦了一個酒宴，鄭天呂無可奈何地坐在了桌旁。只一杯酒下去，鄭天呂便倒在了椅子上。

隔天，鄭天呂醒來，妻子小青已尋短見。

鄭天呂將周守仁告到縣衙，不料被衙役以戲子犯上給轟了出來。

鄭天呂一邊安葬著妻子小青，一邊對天發誓：「承天意，除惡徒，報妻恨！」

周守仁自知罪孽深重，鄭天呂又是江湖中人，肯定嚥不下這口氣，一定會回澧峪嶺找自己拚命，便做足了準備。

鄭天呂因不查而中計，被周守仁的手下鎖了起來，吊起來痛打了一頓，扔進柴房。

半夜，鄭天呂掙扎起來，以戲台上練出的絕技脫鎖而出，一把大火點著了周家大院。隨後，又砸開了馬辛奇的牢門，一起跑出。

為了不讓鄉丁追上大腿受傷的鄭天呂，馬辛奇把鄭天呂放在自己打獵時藏身的山洞之後，自己又打著火把，把鄉丁們一直引向別處。

其時，周守仁正在酒樓飲酒作樂，突然間一人慌慌張張跑進來喊道：「不好了，不好了，咱家著火了！」

周守仁急忙趕回家，大院已被燒掉一半。

周賴皮向主子報告說：「鄭天呂放火燒了周家大院，與馬辛奇一同逃跑。」

周守仁大怒，下令追殺鄭天呂和馬辛奇。

馬辛奇藏好鄭天呂後，急急忙忙跑回家中。

馬道霖聽完事情的經過，大叫一聲：「走！趕緊走！」

一家人匆匆忙忙趁夜逃出了家門。

路上，馬辛奇詢問：「周守仁作惡在先，我們憑什麼要跑？」

馬道霖氣喘吁吁地說：「就算我是個被革的秀才，依《大清律令》，也輪不上他周守仁一個小小的鄉約如此折騰，所以他一定要對我們斬盡殺絕，以防我們翻案。」

馬道霖又指著馬辛奇妻的肚子，對馬辛奇說：「馬家遭此大難，有滅門的危險，我必須問一句，誰的孩子？」

馬辛奇與妻子雙雙跪下，鄭重地說道：「馬家骨血！」

然後解釋，那天晚上馬辛奇妻並沒有被周守仁玷污，在去周家之前馬辛奇夫妻倆已經圓了房。

聽完講述，馬道霖長舒一口氣。

19

天明，鄭天呂藏身的山洞空無一人，地上用木炭寫了一行字：「山海天涯，有緣再見」。

周守仁帶人圍了馬道霖家，發覺馬家已空無一人。

周守仁一邊惡人先告狀，說馬道霖舉家造反，失敗後倉皇逃竄，一邊命令手下追趕，一定要將馬道霖一家趕盡殺絕。

鄭天呂來到小青墳前，痛哭不矣，立下誓言：「不殺周守仁，不再操琴登台演戲。」

周守仁派出追殺馬道霖一家的手下們幾次回話，說尋無馬家人影蹤。

周守仁叫來那天夜裡當班的周賴皮，說如果找不到鄭天呂和馬辛奇就拿周賴皮的小命來抵。

為了給周守仁交差，周賴皮只好拿著帶血的衣服向周守仁回話，說鄭天呂和馬辛奇在被追剿的過程中，跳崖摔死了。

20

逃亡路上，萬分艱難。馬道霖和馬辛奇妻漸漸顯得有些力不從心。

馬道霖本就年邁，再加上前段時間的遭遇，身體漸顯出疲態。

馬辛奇妻因懷孕妊娠反應強烈，身體虛脫，一路上只能靠馬辛奇照顧。

這天他們來到葦子坑村外的河邊，馬道霖與馬辛奇妻先後癱軟在地上，馬辛奇也是筋疲力盡。

正當一家三口盤算著該怎麼辦時，在不遠處觀察良久的酒坊掌櫃馬尚雲命人拿來湯水飯菜。

馬道霖一家感激不盡。

馬尚雲詢問：「看你們穿戴氣質，乃應是富貴之人，何故落魄如此？」

馬道霖盡量遮掩，只說是家中遭遇變故。

餐飲之後，馬道霖欲率家人離去。

馬尚雲指著馬辛奇妻說道：「旁人不說了，這位孕婦反應如此強烈，不如到酒坊歇息幾日，也算是幫我做成一件善事。」

馬道霖再三猶豫，看著馬辛奇妻痛苦的樣子，終於道謝同意。

簡陋的工棚裡，麥草上面鋪著舊被褥，馬道霖用草藥對馬辛奇妻進行調理。

馬尚雲走進來看到，開口問道：「您老會用藥？」

馬道霖答：「祖傳醫術，算得上是個郎中。」

馬尚雲說：「婆娘近來犯病，動不動就口吐白沫，不醒人事，是不是您老也給看看？」

馬道霖為馬尚雲妻診脈後說：「夫人得的是『驚厥症』。」

馬尚雲問：「治得好嗎？」

馬道霖說：「醫者不言癒，但減輕症狀、延緩發作是可以的。」

馬尚雲妻與馬尚雲悄語：「他們一大家子人，不會是假借醫術賴著不走吧？」

馬尚雲責怪妻子心胸狹窄，並讓她喝下馬道霖所煎之藥。

三日後，黎明。馬道霖率家人向馬尚雲住宅鞠躬謝過收留之恩，悄悄離去。

那日天明，馬尚雲妻因病情好轉與馬尚雲一起來到工棚致謝，桌面上顯然放著一封信，信封上的字跡功力極深。

馬尚雲的臉上呈現出一份歉疚和感動。

大路上，馬道霖一家人扶老攜幼地行走，一掛馬車遠遠追趕過來。

馬尚雲跳下車來誠懇地說道：「天下馬姓是一家，我們一起過吧。」

馬道霖剛欲拒絕，馬尚雲舉著信說道：「寫得出如此好字，必有學問，葦子坑馬家十幾個娃娃，總得有個先生教習，婆娘的驚厥症也離不開郎中。」

第二天，馬尚雲安排人手，幫著馬辛奇砌牆，把三間屋隔成一明兩暗，又盤了兩個火炕，馬尚雲妻送來了米麵和油鹽醬醋。

馬道霖一家在酒坊重新安了家，開始了新的生活。

夜晚，馬辛奇詢問馬道霖：「平白無故受人恩惠好不好？」

馬道霖思忖之後回答：「我們現在是落難之人，總得先找個地方把孩子生下來，馬尚雲古道熱腸，我們也一定會對他們有所回饋。」

21

時光荏苒，轉眼之間到了大年三十，正是酒坊出酒，舉村歡慶時，馬蛋出世了。燈下觀之，左足上面，一塊胎疤清晰可見。

一方面出於報恩，一方面因馬蛋誕生而喜，馬道霖以祖傳秘方入酒，於不經意間製成了「七味盡溢灑」。

不料，馬辛奇妻卻因難產精殫力竭撒手人間。

妻子難產而死，給馬辛奇帶來巨大的哀傷，壓過了得子的喜悅，他終日埋頭做事，鮮有笑容。

「七味盡溢灑」使馬家酒坊的生意越來越紅火。馬尚雲因馬道霖對酒坊的貢獻，同時他也認為馬道霖是貴人，留馬道霖長住會給自己帶來好處，於是便為其建房蓋屋。

葦子坑——

馬道霖主持的學堂裡面，十來個孩子正襟危坐，規規矩矩地在聽馬道霖念書。

馬道霖搖頭晃腦，朗朗有聲：「昨夜星辰昨夜風，畫樓西畔桂堂東，身無彩鳳雙飛翼，心有靈犀一點通……」

22

華山寺廟，挽幛悼聯，白布黃花，悟塵與眾僧為剛剛圓寂的老主持做法事。

寺廟之中，蕭望德是唯一的俗人，他跪在全體僧人的前面，三度叩首之後，起身立於一側，悟塵隨即率領眾僧跪地誦讀《金剛經》。

寺廟之外，山林寂靜，悟塵謹慎地說道：「蕭施主與大師法緣很深啊！」

蕭望德平靜的臉龐上流露出哀婉：「自幼兒始，每年被抱來聽大師誦經，三十載無間隔，有緣無緣我不敢判斷，但天長日久，難免生情啊！」

悟塵雙手合十：「佛緣也罷，俗緣也罷，皆是善緣！」

蕭望德說：「你曾是鴻鵠之士，如今墜入空門，繼任主持。請給我一句實話，世間風雲變幻，耐得住寂寞嗎？」

悟塵鄭重地誦了一聲佛語，帶著一絲悲冷說道：「少年讀『位卑不敢忘憂國』，便以為天下者天下人之天下，頭懸錐刺，鑿壁偷光，中了秀才，更以棟樑自詡，公車上書，滿腔激慨！結果呢？竟被併入寇賊盜匪一類，由捕役緝拿！如今，葉赫那拉一隻牝雞竟可司晨，終於明白了，天下者強人之天下！」

蕭望德說：「出家人無喜無憂，你仍未改激昂慷慨的本性，哪裡伴得了老剎孤鐘？」

悟塵一聲阿彌陀佛：「西方路途寂寞，佛會慢慢渡我。」

夜晚，悟塵跪在山門外，淚流滿面：「跳出三界外，不在五行中。從此一心向佛，國家興亡、民族振興概與貧僧絕緣了！紅塵之中，只期盼同窗馬道霖免受災難！

祝願幼友蕭望德心想事成！阿彌陀佛……」

蕭家集曠地——

蕭望德望著面前正在燒盡的紙錢，輕輕地自語：「你終於走了，依佛禮、按民俗，我都以子對父的禮儀悄悄地發送了你！雖然，我不知道究竟你是不是我的父親？更不知道你為什麼是我的父親……」

23

悟塵繼任法師之後，聽香客們說澧峪嶺馬道霖一家受惡霸欺凌，生死不明。悟塵便身披袈裟，手托僧缽，走出寺院，沿關中古道一路打聽而去。

澧峪嶺——

馬道霖昔日府宅已經敗落成一個大雜院。

悟塵披袈托缽站在門前詢問：「請問施主，此處可是馬施主馬道霖秀才府邸？」幾番之後，一老人回答：「戊戌遭難，鄉約迫害，舉家遷逃。」

葦子坑——

悟塵與馬道霖相視落淚……

悟塵抱著馬蛋，悟塵憐愛地遍體撫摸，仔細觀看腳上胎痕。

馬道霖說道：「世事艱難，變幻無常，倘若孫兒有難，請看同窗友情加以關照！」

悟塵意味深長地說：「你是俗人，我是佛陀。何為難？何為幸？見解不同啊！」

馬道霖說道：「願聞其詳！」

悟塵說：「佛以渡人為本，人以渡己為願。以佛經的主張，令孫乃大幸之人，可曰半佛；而若以俗界的看法，你這個馬蛋恐怕要歷經曲折了！」

馬道霖輕鬆一笑：「自古雄才多磨難，從來紈絝少偉男。曲折，成材之必然嘛！」

悟塵正色說道：「佛語之曲折，便是人間之煉獄！」

馬道霖臉上的笑容頓時凝固。

24

蕭望德府上，一堆老媽子端湯遞水，穩婆神情凝重，出出進進。

蕭望德一聲不響坐在堂屋太師椅上，旱煙袋抽得甚勤。

裡屋，蕭夫人躺在床上努力，大汗淋漓。
終於傳出一聲啼哭，蕭望德騰然立起，興奮中帶著緊張。
穩婆抱著以紅緞包裹的嬰兒奔出，蕭望德開口問道：「怎麼樣？」
穩婆討好地笑著：「仔細看了夫人的腹紋，下一胎便是公子！」
蕭望德失落地跌坐在太師椅上，手中的旱煙袋滑落在地上。
穩婆開口欲言，蕭望德煩惱地一拍桌子：「來人！賞錢！送客！」
裡屋，蕭夫人咬著毛巾，大淚如雨。

25

馬蛋自學語開始，馬道霖便以詩詞歌賦對其教育，並教其醫學藥理，令其每日將一種草藥的性味功效記熟背牢。
葦子坑寡婦聆雁素來欣賞馬辛奇的孔武雄健。馬辛奇妻的亡故使聆雁動了心思，看到馬辛奇愁眉不展便時不時寬慰，幫助馬辛奇縫補衣衫、烹飪飯菜的事情也逐漸發生。
對此，馬辛奇謹慎地接受，村鄰們則暗中鼓舞，馬道霖也一言不語加以默許。
葦子坑河邊樹林——

馬辛奇獨自一人默默練武，性起時一掌下去竟將小樹打斷。

馬道霖無聲無息地走了過來，馬辛奇沒有發現。

馬道霖喝止馬辛奇，令其跪地，以極其嚴厲的態度說道：「久惡必有天懲，你以武報仇可能引來滅門之禍，好生將馬蛋養育成人是正事！」

在馬道霖的壓力下，馬辛奇被迫發誓，放棄復仇。

26

午夜，孤燈一盞，聆雁興奮中混合著羞怯坐在床上繡煙荷包，不由自主地哼出了民歌。門外一陣狗叫，聆雁意識到自己的失態，急忙收住聲音，帶著甜甜的微笑，用煙荷包抽打著自己的臉頰。

同一時間，馬辛奇化裝潛入灃峪嶺，偵查周守仁鄉公所情況，想找機會殺了周守仁。

馬辛奇聽說黑龍潭溝口一家人娶親，心想周守仁肯定要行使他的「初夜權」，於是在黑龍潭叉路口樹林的山洞裡等候。

周守仁領著三個隨從來到黑龍潭叉路口。一個手下要解手，大家一起順便歇息。

突然，一個飛鏢嗖的一聲扎在他們頭頂的樹幹上，一名手下狗仗人勢地對著飛鏢飛來的方向罵了一句：「誰他媽的敢在太歲頭上動土！」

話音未落，馬辛奇橫在大路中間，大喝一聲：「周守仁，你惡貫滿盈，我要為母親報仇！我要為妹妹報仇！我要為灃峪嶺的鄉親們出氣！」

幾名隨從見狀，一下子舉起刀槍，把馬辛奇圍在了中間。

馬辛奇從容不迫，三拳兩腳將幾個隨從打得倒地斃命。

周守仁顯出了驚慌，跪地求饒，卻又趁馬辛奇不防，從地上抓起一把塵土撒向馬辛奇的眼睛，馬辛奇早有準備，一腳將周守仁踢翻，踩在腳下。一下一下地打斷了周守仁的雙腿，把周守仁綁在樹上，把周守仁大卸八塊，為母親和妹妹報了仇。

馬辛奇回到老家灃峪嶺，跪在馬家兩個墳前，拔了草，掃了墓，磕了頭，點了蠟燭，燒了周守仁的冥紙，趴在墳頭大哭了一場。

最後，馬辛奇對上天起誓，禍由獵起，既然妻仇、母仇、妹仇已報，從此以後，不再打獵，就此封槍，金盆洗手。

黑龍潭溝口娶親人家——

周守仁的七八個鄉丁在新郎家等著他來入洞房。三等兩等等不來，就趕回周家大院，家裡說人已去了黑龍潭。他們又打著燈籠火把去找，到天明在黑龍潭找到的卻是周守仁的屍體。

周守仁的老婆從此窩在家裡不敢出門，一心一意撫養兒子周大全。

27

馬辛奇返回葦子坑，人一下子變得又黑又瘦。

回來後，馬辛奇一口氣吃了三大碗麵，什麼話也不說，倒頭就睡。

馬道霖聽人說馬辛奇回來了，就去看他，但只叫不醒，以為得了什麼大病，趕緊給馬辛奇號脈，切過脈之後什麼也沒說，只是會心地點頭起身離去。

第二天，馬辛奇醒了。他仔仔細細地洗了臉，刮了鬍子，到了場上。

馬尚雲兄弟三人和三位小工正在往外提酒罈，馬辛奇進去幫忙。別人一次雙手只提兩個酒罈，由於報了仇心情舒暢，馬辛奇第一次向大夥展露了他壓抑多年的力量——雙手一次提起四個，並開心地要請大家喝酒吃肉，他從夾襖裡掏出錢讓馬蛋過河到葉家村去買肉。

葉家村肉鋪——

僅存的一塊肉正在被葉家的管事費笁濟買下，馬蛋懇請費笁濟相讓，遭到費笁濟責罵。

跟著來的葉家大小姐喜鵲命令費竺濟將肉送給馬蛋，馬蛋付錢給喜鵲，喜鵲不收，卻讓馬蛋給她背誦詩文。

馬蛋稍作思索，一篇〈關雎〉脫口而出：「關關雎鳩，在河之洲。窈窕淑女，君子好逑。參差荇菜，左右流之。窈窕淑女，寤寐求之。求之不得，寤寐思服。悠哉悠哉，輾轉反側。參差荇菜，左右采之。窈窕淑女，琴瑟友之。參差荇菜，左右芼之。窈窕淑女，鐘鼓樂之。」

喜鵲聽罷，小臉一紅，轉身而去。

馬蛋追著他們要送買肉錢，喜鵲卻與費竺濟進了院門，閉戶不睬。

馬蛋遂將錢幣一個一個塞進門縫。

28

河邊，馬辛奇妻的墳前，六歲的馬蛋筆挺地跪著，馬辛奇站在馬蛋的身後，從嶄新的煙荷包中裝了一鍋煙，慢慢地點燃。

馬蛋轉過頭來問道：「我應該和我媽說點啥？」

馬辛奇回答：「啥都不用說，你一跪你媽就明白了。」

馬蛋說：「那個煙荷包真好看！」
馬辛奇急忙將煙荷包收了起來，說道：「你小娃娃懂得啥！」
馬蛋又說：「雁姨對你好！」
馬辛奇訓斥：「小娃娃不許胡說！」

29

六歲的喜鵲出了天花，葉凡仁恰好離鄉外出。
黃氏認定是鬼魂附體，請人來跳大神。
葉老七聞訊趕來，跳著腳對黃氏大罵，一把抱起喜鵲，乘上大車，飛馳而去。

30

聆雁蒸了一鍋麥飯，讓馬蛋叫馬辛奇來吃，馬辛奇一聲不吭卻沒有去。

31

夜晚，馬辛奇獨自坐在妻子墳前，拿出煙荷包，取出煙袋鍋欲裝，卻又突然停下來。半晌之後，他將煙荷包中的煙絲全部倒出來，放在墳前的石台上，又取出一撮裝入煙袋鍋，點燃，吧嗒吧嗒地抽著。

32

臉上塗滿草藥的喜鵲躺在葉老七家中，黃氏帶著愧疚趴在窗戶旁觀看。

喜鵲難耐搔癢，不斷伸手抓撓，均被葉老七阻攔。

喜鵲掙扎不矣，葉老七命人取來繩索，綁了喜鵲，說道：「出天花抓撓會變成麻子！」

清晨，聆雁挑著水桶走出院門，沒有看到門楣上面掛著的煙荷包。

33

葉凡仁回家，黃氏將葉老七救治喜鵲的事情向葉凡仁述說，言間激動不矣。

葉凡仁反應平靜，黃氏頓時氣憤，責怪葉凡仁不近人情。

半晌之後，葉凡仁說道：「這恐怕是葉老七做的第一件好事吧！」

黃氏聽到弦外之音，追問。

葉凡仁說：「打小，葉老七就是一個唯利是圖到了可以不理親情的人。當年，他大嬸有一個金鐲子，被他看上了，想送給他外面的一個相好，妳猜他怎麼辦？他饅頭蘸豬油，天天訓練他大嬸家的狗，那條狗來來往往跑了九趟兒，第十趟兒給他叼來了！他大嬸氣得說不出話來，當街把狗殺了。」

34

聆雁風擺荷柳般地挑著一擔水回來，無意中一仰臉，看到了煙荷包，愣了一下之後，臉上的微笑頓時凝固，雙腿一軟，兩隻水桶砰地一聲跌落在地上。

稍遠處，躲藏在暗中默默觀察的馬辛奇一聲歎息：「我是有命案在身的人哪！」

35

第二年春天，灃峪嶺一個人打聽到了馬道霖一家，找到了葦子坑，說周守仁已被殺死，灃峪嶺有了新鄉約，特請馬道霖搬回灃峪嶺。

馬道霖婉言謝絕。

馬尚雲等方知馬道霖乃落難秀才，自此，尊稱其為「馬大人」，更加敬重。

馬尚雲和馬道霖父子合計，開春後擴大規模，修橋、修路、建新酒坊、辦家學。

藍溪河灘上號子聲聲，錘聲叮咚，修橋、修路、開新酒坊、辦家學的消息不脛而走。

兩家一起焚香祭土，磕頭行禮。既開了工地，也開了家學，生意和日子都過得紅紅火火。

37

葉家村葉凡仁家——

黃氏一本正經地教喜鵲背詩：「除禾日當午……」

喜鵲不屑一顧地問道：「幾個月了，就背這一首，您這個先生還會不會別的？」

黃氏：「會一首也算我娃會詩了！」

葉凡仁緩緩地說道：「對河有個郎中，學問大，教得馬家一群娃都快成聖人了！有個馬蛋，懂『四書五經』、通《本草綱目》，將來不得了！」

喜鵲脫口而出：「把我也送過河去讀吧！」

葉凡仁家——

葉老七恭敬而又親切地站在葉凡仁面前，帶著一臉的真誠說道：「二哥，咱家門裡就屬二哥有學問，你得教教咱家娃，明天讓立孝過來學識字吧！」

葉凡仁說道：「對河葦子坑有個馬郎中，開館授課，我已經送過了潤銀，人家不收，說是有教無類，叫咱們的娃娃一齊過去聽講。」

葉老七不屑一顧：「一個郎中怎麼能和二哥比！」

葉凡仁說：「是我不能和人家比，喜鵲也是要去的。」

葉老七聽了脫口而出：「那我把立孝也送過去！」

葉老七家——

葉老七將葉立孝叫進裡屋，一本正經地說道：「你要和喜鵲玩好！」

葉立孝不假思索地反駁：「她一個女娃，誰跟她玩呀？」

葉老七揚手要打，想了一下，又盡可能不動聲色地說道：「你要跟喜鵲玩，還要經常到你二伯家去！」

葉立孝說：「我二伯一個悶人，平常連話都不說，我上他們家幹什麼呀？」

葉凡仁家的堂屋——

費竺濟不斷踢著費子益的腳後跟，讓他再次給葉凡仁兩夫婦鞠躬，自己更是謙卑地連聲說道：「能讓一個下人的兒子跟著讀書，實在是二爺的恩德呀！」

葉凡仁指著喜鵲說道：「孔聖人云：『有教無類。』他們同窗之間就不必分什麼上下了！」

費竺濟點頭哈腰：「過河的時候，他得背著小東家……」

夜晚，葉老七的妻子對葉老七說：「他二伯不當家，你要是有什麼想法，也得做他二嬸的功夫。」

葉老七狠狠地白了她一眼：「沒見識的笨婆娘，等真有事了，你看誰當家！」

38

河邊，幾塊突出的石頭連接成橋。

奉馬道霖吩咐，馬蛋率葦子坑的學童來到河邊迎接葉家村的學友。

喜鵲、葉立孝、費子益等一幫小孩逐漸走來。

行至河邊，費子益看了喜鵲一眼，不太情願地蹲下說：「我背妳！」

喜鵲把書包放在費子益的背上：「你背它！」

馬蛋忍不住笑了。

喜鵲卻向馬蛋招手：「你過來背我！」

馬蛋一板臉：「我為啥背你？」

喜鵲說：「豬肉好不好吃？」

馬蛋的一紅：「我給錢了！」

喜鵲又說：「你不背我，我掉河裡淹死咋辦？」

兩岸娃娃們起哄：「馬蛋背！馬蛋背！」

馬蛋遂背起喜鵲踏著石頭過河。

娃娃們再度起哄：「哦，馬蛋背喜鵲嘍！」

費竺濟小屋——

費竺濟問：「背了嗎？」

費子益答：「背了！」

費竺濟問：「背得怎樣？」

費子益答：「不重。」

＊　＊　＊

第二天，喜鵲等娃娃們走向河邊。

對岸，馬蛋孤零零地佇立，等待。

遠處樹林中，費竺濟目睹費子益背書包，馬蛋背喜鵲，臉上顯示出極大的失望。

39

喜鵲雖然遲來學館半個多月，但特別聰明，《三字經》只念了三天，便背過了。馬道霖給家人說，這個女娃太聰明了。

學館開課之後，原本因家變心情低落的馬道霖開始將主要精力放在培養馬蛋身上。馬蛋也在與學堂其他孩子——尤其是喜鵲——的相處中變得開朗起來。

無知的馬蛋跟在聆雁身後玩耍，馬辛奇迎面走來，見狀，急忙找了一個藉口回避。

馬蛋傻傻地想了一會兒，突然向聆雁問道：「妳咋不給我爸蒸麥飯了？」

聆雁黯然神傷：「你爸不愛吃。」

馬蛋爭辯：「我爸愛吃！以前妳做的時候，他吃得可多可多了！」

聆雁不再吭聲，兩眼之中默默地湧出淚水……

40

關中鄉裡多年的規矩，麥子出了穗要唱大戲，尤其要見到男童女童的表演，大家都覺得馬蛋和喜鵲乖巧。於是，攛掇馬蛋與喜鵲以「關中道情」唱演了老戲《夫妻討飯》。

不料，兩個娃兒還真不含糊，彼此之間使了使眼色，使爬上了戲台子。

「有對夫妻真可憐，屋裡缺柴沒有鹽。晚來風雪穿牆入，肚中饑餓向誰訴？懷裡抱根冷竹棍，手捧破碗到街心。喊聲富貴行行好，丟塊饃饃救饑貧！日落轉回爛屋歇，天光一醒又上街。年長月久受辛苦，二人牽手並肩走。夫衫爛了妻無線，兩行眼淚向上粘。半塊乾饃硬如石，哥嚼碎了給妹吃。夢裡彩樓兩三丈，棟樑簷檁盡妝金。洗淨眉下鵝蛋臉，羞死一城千金女。上祝青天下祝地，討飯夫妻知情義。日月三光來作證，不羨穿緞有錢人……」

馬蛋和喜鵲唯妙唯肖的演唱博得了滿堂喝彩。

但是，包括他們兩人在內，這滿滿一場院的人，沒有一個人會想到，這曲充滿酸楚，亦飽含情愛的歌謠，馬蛋和喜鵲竟要整整唱上一世。

41

馬辛奇家——

馬蛋不停地追問著馬辛奇：「你為啥不讓雁姨來咱家玩了？」

馬辛奇被問急了，煩不勝煩地揚手打了馬蛋一巴掌。

馬蛋委曲地哭了起來。

馬道霖將馬蛋拉到屋外，緩緩地說道：「你爸的心裡放不下你媽！」

馬蛋說：「我沒有見過我媽，我爸為啥總想我媽呀？」

馬道霖有些哽噎：「可你爸見過你媽，你爸會永遠想你媽的，想一輩子……」

馬辛奇妻的墳上——

聆雁蹲在地上燒紙：「姐姐，你好有福氣！走了六年了，辛奇哥都不交別的女人！」

聆雁起立轉身，與悄無聲息地站在後面的馬蛋冷不防地打了一個照面。

馬蛋指著墳頭問：「雁姨，這就是我媽嗎？」

聆雁回答：「對！這就是你媽！她走到了地底下，把你換到了地面上。」

42

兩年後——

馬蛋一個人在母親、奶奶、姑姑的墳前祭拜。祭拜完之後，馬蛋一個人走在回家的路上，晚上月光如雪，前有母狼聲聲哀號。

馬蛋上前，見母狼難產，拔刀剖腹，取出的卻是一隻狗崽，母狼舔淨狗崽身上的血跡之後，一聲長嘶氣絕而亡。

馬蛋埋了母狼，抱著狗崽下山，群狼齊嗥，一路送行。

馬蛋給狗取名，喚做「大黑」，視為友好。

每天放學回家時，馬蛋送喜鵲到石拱橋頭，大黑兒跟主人站在橋上，看著喜鵲上了大路拐了彎，才轉身回家去。

每天上學堂來時，喜鵲剛出村口，大黑兒就搖著尾巴向她跑去，等走近了，又向前跑去，跑幾丈遠又站住等她。就這樣，不離喜鵲前後。

喜鵲心裡暖暖的特別舒服，她暗暗地喜歡上了大黑兒，更喜歡牠的主人。

43

又快過年了，葦子坑的幾個女孩子早已經穿上了花棉襖，都得到了馬蛋的讚許。

喜鵲小小年紀，卻已經有了點醋意。

葉凡仁家的院子裡，黃氏在與葉凡仁交談：「地裡打出的細糧、粗糧共有四千擔，留下自家吃的，賣出一千多塊大洋，九畝煙葉子讓人割了，收回來三百多塊……」

葉凡仁冷冷地打斷說：「妳不用跟我學說這些，什麼時候妳生個兒子給我，我當街給妳磕頭！」

葉老七走到院外，剛想推門，聽到葉凡仁與黃氏的對話不由得止住。

黃氏一陣子窘迫：「生兒子也不是一天兩天的事情，我這會兒是跟你理一理財嘛！」

葉凡仁把手中的茶杯往桌子上重重地一撂：「財？妳生不出兒子，我萬貫家財給誰？」

黃氏臉上掛不住了：「給喜鵲啊！喜鵲不是你娃？」

葉凡仁心灰意懶：「給喜鵲好呀！都給她，都給她！」

黃氏賭氣地說道：「我早就給了！給她另放著呢！從她生下來那天起就另有一份！」

葉凡仁無心搭理：「好！好！你讓她收好！千萬收好。」

院外，葉老七的眼神微微一跳，收回準備推門的手，轉過身來，輕手輕腳地走了。

夜晚，葉老七家，床上——

正睡著覺的葉老七一翻身醒了，他睜開眼睛望著屋頂棚，半晌，冷不防脫口說道：「唉，我二哥有錢！喜鵲有錢……」

葉老七的妻子被驚醒，看著葉老七的古怪神情問道：「半夜三更地發什麼臆怔？」

葉老七如夢囈一般：「我二哥有錢！喜鵲有錢！」

葉老七的妻子莫名其妙：「二哥有錢誰都知道，喜鵲有什麼錢？一個小女娃。」

葉老七突然發作：「你知道個屁！喜鵲有錢！喜鵲比你有錢！喜鵲比我有錢！喜鵲比一村的人都有錢！」

44

葉凡仁家——

葉立孝手足無措地站著，黃氏喜悅地翻出一堆食品，疼愛地相讓。

葉凡仁看著葉立孝那一身的不自在，忍不住說道：「嫌悶，就出去玩吧！」

葉立孝如同獲赦，一溜煙跑了出去。

黃氏憤怒地埋怨：「你咋能把娃往外轟呢？」

葉凡仁一臉平靜，沒有吭聲。

葉家村裡——

喜鵲與一群娃娃正在玩耍，葉老七背著雙手慢慢地走過來，喜鵲禮節性地喊了一聲：「七叔！」葉老七急忙誇張地大聲答應。

喜鵲剛要走，葉老七一把拉住，蹲在地上拿出一塊糖，在喜鵲的眼前晃動著問道：「知道這是啥不？」

喜鵲搖頭。

葉老七慢慢剝開糖紙，用手遞過去讓喜鵲舔，並問道：「甜不甜！」

喜鵲使勁地點頭：「甜！」

葉老七又拿出一塊，說：「這是糖，洋糖！你大聲地叫一聲七叔，說七叔最疼你，兩塊都給你。」

葉凡仁家——

喜鵲學著葉老七的樣子，手裡捏著糖讓黃氏舔：「媽，這是洋糖！你說一聲喜鵲最疼你，我就給你吃！」

坐在屋中看書的葉凡仁聽了暗中吃了一驚，急忙問道：「糖是誰給的？」

喜鵲答：「七叔。」

葉凡仁陷入了沉思。

幾天之後，葉凡仁突然吩咐費竺濟專程到鎮上去買二斤洋糖，又叮囑喜鵲不要吃外人的東西。

喜鵲問：「七叔是外人嗎？」

葉凡仁說：「七叔不是外人，但還是不要吃了。」

晚上，費竺濟趕了回來，說洋糖賣完了。

葉凡仁極其以少有的堅定命令費竺濟：「明天去縣城。」

費竺濟退下後，黃氏勸慰：「兩塊糖的事情，至於嗎？」

葉凡仁鄭重之極：「糖不要緊，要緊的是給糖時說的話！你知道怎麼訓狗嗎？」

黃氏一臉責怪：「你吃多了？自家的兄弟對著自己的侄女，七弟圖什麼呀？」

葉凡仁心神不安地說道：「我不知道，但我不覺得這是好事。」

夜晚，費竺濟的小屋——

費竺濟低聲對妻子說道：「我買到洋糖了！跑了鎮上，沒有了，又去了縣城！」

費竺濟的妻子說道：「平日沒見二爺慣娃嘛，這回咋了？」

費竺濟自說自話：「葉老七沒成想了！」

費笠濟的妻子完全聽不懂：「啥？」
費笠濟的臉上慢慢地泛起一片朦朧的期盼：「我去求二爺！」
費笠濟的妻子：「求啥？」
費笠濟：「你給我慢慢地教你娃，見了二爺、二奶要有模有樣！」
費笠濟的妻子：「啥模啥樣？」
費笠濟：「在親爸親媽面前的模樣！」

45

六年後——
一場大雪，加添了過年的氣氛。大年三十晚上，馬家門口掛滿了燈籠，象徵著吉祥、喜慶。
馬尚雲一家和馬道霖一家在馬尚雲家吃年夜飯，兼為馬道霖的孫子馬蛋舉行滿燈儀式。
滿燈儀式上，馬尚雲家的大人們爭當「舅舅」，給馬蛋點了燈籠，滿燈棚裡掛著辛奇壽喜，和各種吉慶燈。

馬道霖從地窯裡挖出馬蛋出生時埋下的酒，兩家人一起痛痛快快地過了個新年。

馬蛋給爺爺行了滿燈禮，又給馬尚雲一家長輩也行了禮。

馬尚雲高興地誇獎說：「馬蛋這孩子從小就天資過人，唐詩宋詞倒背如流，湯頭歌訣滾瓜爛熟，雖說是郎中的孫子，看上去倒像是秀才之後。」

馬尚雲一番話語本係褒獎，卻令馬道霖一家剎那間失去了笑容。好在大家都有了酒意，除了馬尚雲本人深感詫異之外，馬尚雲的妻子等一干人並未看出不妥。

又一輪酒後，馬尚雲摟著馬蛋說道：「以馬老爺子的學問，不是秀才也是秀才了，但馬蛋是窮家小戶的賤名，托不起馬蛋的身分，不如藉此典禮給他起上個尊貴的名諱。」

馬道霖兩眼一紅湧出淚水，立起身來一邊向門外走去，一邊哽噎地說道：「哪裡有什麼尊貴？就叫馬蛋吧！」

屋裡頓時冷場，馬尚雲一家人尷尬之中帶著疑惑。

馬尚雲看見話題不對，急忙轉言，說自從馬道霖投藥入酒，酒坊的生意日新月異，馬辛奇又終日在酒坊勞作，就連馬蛋一個孩子都是酒坊上的小師傅了，於情於理，這多賺的錢馬道霖一家都有份。但每年給，每年拒，這十二年來一直替他們存著，現在孩子滿燈了，一起給他們拿來。說著拿出幾大包銀元，推到馬家父子面前。

馬家父子表示馬家老小一家蒙難，承蒙酒坊收留，才能夠不受凍餓，就那三間房子不收房錢已經是天大的恩情了，哪能再分銀子呢。

馬道霖父子再三推辭，馬尚雲還是硬留了下來。

46

馬家酒坊的酒川流不息地運出葦子坑，運往四集八村。同時，通衢大路上，人流滾滾，遠遠的一連串好幾輛膠輪大車裝載著酒罈，插著「馬家酒坊」的幡旗，響著鈴聲，揚塵而來。

馬尚雲坐在領頭一輛的車轅上，意氣風發。車轅另一側，車把式揮鞭策馬，趾高氣揚。

銀元川流不息地進了馬家兄弟的腰包。看著馬家弟兄建房買地，日子一天天發達起來，灞河川道的人眼熱了。

與馬家窯場一河之隔的葉家村葉老七看到馬家酒坊生意興隆，財源廣進，也動了開酒坊的念頭。

這天，葉老七帶著一罈酒來到葉凡仁家。葉凡仁與葉老七一左一右坐在堂屋的椅子上，兩人之間的桌子中央擺著小小一罈「馬家酒」，費竺濟站在一邊。

葉老七說：「最近思謀了個生財之道，想開個酒坊，特來找大哥商量。」

黃氏一聽帶著一臉新奇與興奮，假借為葉凡仁和葉老七添茶繞著桌子轉來轉過。黃氏望著那罈酒兩眼放光，偶爾將水溢出茶杯，雖頻頻遭到葉凡仁的白眼，卻依然不肯離開。

葉凡仁質疑開酒坊能不能掙錢，葉老七正要答話，費竺濟立即插話，他說造酒自古憑的無非是三樣東西——水、糧食、麴。而水、糧食他們都有地緣上的優勢，麴則可以去縣城的大酒廠去買，所以開酒坊沒問題。

聽到此葉凡仁終於露出滿意的笑容說：「酒坊的生意我早就看上了，本小利大，十拿九穩賺錢，就怕我們外行不能造。」

費竺濟趕緊煽動：「能造！還能造出好酒！葦子坑馬家造酒的家什不行，老了，還是天鍋地缸，用古舊的辦法去蒸，老了！對河馬家有錢，咱老葉家一樣有錢呀，帶上時髦的洋科學，咱弄嶄新嶄新的工程，把土挖開，地底下砌石窖，用石砌的地窖發酵，酵出來的酒可比他蒸出來的酒好啊！」

葉凡仁聽後點頭同意，葉老七大喜同時表態，立酒坊的事他來跑。

於是，選好了酒坊地址，請來了製酒師傅，歡聲笑語中葉家酒坊開張了。新建的酒坊披紅掛彩，村民們喜氣洋洋，敲鑼打鼓，燃放鞭炮。

葉凡仁一改往日的樸素，全身上下新嶄嶄的，笑眯眯地站在酒坊門外，不言一語。

葉老七一身紅綢大褂，在人群裡面很是出眾，他端著一張笑臉，出出進進，迎來送往，顯得比葉凡仁更像老闆。

費竺濟人五人六地站在一個鋪著紅布的條案前面，代表東家接受人們的賀禮。

黃氏與喜鵲也帶著一臉喜慶在人群中擠著。

喜鵲一個勁地央求：「讓我進去看看！讓我進去看看！」

黃氏笑著阻攔：「不行！不行！說了，女人進去，酒不吉利！」

馬尚雲和馬辛奇遠遠地並肩走來，身後，幾個隨員抬著禮箱。

葉老七趕快迎了上去，費竺濟屁顛屁顛地跟在後頭。

雙方抱拳行禮之後，葉老七率先對馬尚雲說道：「馬兄弟！渭河灘上，你是造酒的頭戶，我們學著開坊，那可是跟你搶飯啊！你人能來，多麼大的肚量啊？怎麼還帶了禮？」

馬尚雲連連擺手：「葉兄弟什麼話，酒是先人傳流下來的，個個能做！個個能做！」

費竺濟也擠上來拱手說道：「馬老闆是造酒的前輩，是不是請到窖裡面看看，幫著點撥點撥。那個文明話怎麼說來著？哦，指導！」

葉老七聽了急忙一伸手做出邀請的動作：「對！指導！兩位馬兄弟請，咱們去指導指導！」

葉家酒窖裡面，四個用條石砌成的巨大酒窖並排而立，酒窖下面預留的爐膛中，炭火正紅，石窖上面，蒸汽騰騰，工人們上下左右在忙碌著，彰顯出一派繁榮的景象。

看著葉家酒窖的時新與氣派，一直掛著恭賀笑容的馬尚雲眼睛裡閃爍出一絲驚訝與妒忌。

47

一個月後，葉家酒坊的酒開封了，眾人品味，均感其香淳味道和馬家相差甚遠。

葉老七遂以乾股利誘，欲請馬辛奇過河製酒，馬辛奇嗤之以鼻。

馬尚雲家，臥室——

馬尚雲妻躺在床上，四肢抽搐，兩眼翻白，口吐泡沫。

馬道霖屏心靜氣，為馬尚雲妻診脈。

馬尚雲神情緊張地站在一邊，手足無措。

馬蛋靠在門邊，將門簾掀開一角，悄悄地偷看。

喜鵲站在馬蛋的身後，從馬蛋肩膀上面伸出一個腦袋。

馬道霖慢慢地放下馬尚雲妻的手臂，對馬尚雲說道：「還是舊病，侄夫人驚厥症又犯了！依前面的方子抓藥吧！」

馬尚雲歎息著問馬道霖：「唉，這隔一時就抽一陣，你老見識廣，難道，就沒啥辦法去根嗎？」

馬道霖略一思忖，遲疑地說道：「依《千金方》，驚厥症倒也是可以斷根的。但是，藥中需有一劑『女兒紅』，不太好找！」

門邊，馬蛋望著在床上打滾掙扎、痛苦不堪的馬尚雲妻，忍不住脫口說道：「什麼是『女兒紅』？孫兒去找！」

馬道霖看了馬蛋一眼，搖搖頭說道：「『女兒紅』是少女成熟之際，從身上落下的第一滴血，乃人間至純之物，有驅邪避惡之功，你一個男娃，哪裡去找？」

馬蛋聞言頓時語塞。

馬尚雲一臉無奈。

喜鵲腮邊微微一紅，悄悄轉身，默默地走了。

夜晚，馬道霖家的堂屋，亮著燈，沒有人，一個藥煲架在炭火上，呼呼冒著蒸氣。

窗戶上的紙被喜鵲用手指從外面輕輕捅破，睜著一雙黑亮的眼珠，在小孔後面滴溜溜了轉了半天，見屋內無人，喜鵲輕手輕腳地從門縫擠了進來，帶著一種幾乎是驚惶失措的表情飛快地從懷中掏出一個紙包，匆忙地放在桌子上面的油燈旁邊，便趕緊縮回手，如逃跑似的溜了出去。

馬道霖回來，察看爐火上的藥煲，看到桌子上油燈下有個小紙包，小心翼翼地打開紙包，紙包內是一塊疊得整整齊齊的手絹，馬道霖有些詫異地打開手絹，手絹裡是一條捲裹得很緊的潔白的絲帶，馬道霖慢慢地展開絲帶，在絲帶的盡頭，馬道霖看到了一片殷紅。

馬道霖先是暗自吃了一驚，隨即，眉宇之間流露出一片嘉許和欣慰，情不自禁地讚歎了一聲。

馬尚雲老婆因此得治。

喜鵲不顧羞怯暗中獻藥的事被馬蛋知道了，馬蛋心有所感，便私自過河找到葉凡仁，表示願教葉家製酒，葉凡仁大喜過望。

葉凡仁家堂屋，葉凡仁坐在椅子上，馬蛋站在葉凡仁的對面，費竺濟站在馬蛋的身後，黃氏和喜鵲從裡屋的門框中各自伸出半個身子。

葉凡仁帶著一臉的疑惑和震驚，雙手支撐著太師椅的扶手，身子不由自主地欠向馬蛋，整個屁股都離開了座席。

葉凡仁：「你說啥？」

馬蛋低頭看了看葉凡仁的表情，又偷偷抬起眼簾，飛快地掃視了一下喜鵲，堅定之中略微帶著幾分慌亂。

馬蛋：「往酒裡放藥！」

葉凡仁：「往酒裡放藥？放啥藥？」

馬蛋：「草藥！」

葉凡仁雙眼放光，正欲開口再問，費竺濟卻一步從馬蛋的身後跨上前來，一邊以手勢眼色暗示葉凡仁，一邊以熱情張羅的態度對馬蛋說道：「唉呀，放草藥好！二爺不管了！由馬蛋弄嘛！由馬蛋弄嘛！」

葉家酒窖裡面，馬蛋站在石窖底下，面前的一塊青石板上一字排開擺放著九種草藥。

葉凡仁、葉老七一左一右站立在馬蛋的身旁，費竺濟橫立一側檢查、張羅著，兩個精壯的工人赤裸上身，在青石板的兩端做好了準備，若干工人或遠或近，屏息靜氣地觀看著，等候著吩咐。

費竺濟仔仔細細地看了看青石板上的草藥，又仰起臉來盯住馬蛋，把每一個字都說得音正腔圓、清清楚楚：「你看好！這青石板上，可是你馬蛋要的九味草藥？」

在人們目光的注視之下，馬蛋稍微有些緊張，他定了定神，認真地對著青石板上面所陳列的草藥一一審視了一遍，然後鄭重地點頭說道：「對！」

費笁濟走到馬蛋的當面，又問：「一樣不錯？」

馬蛋咬牙：「一樣不錯！」

費笁濟轉過頭與葉凡仁目光一碰，旋即對青石板前兩名赤膊的工人一聲響喝：「抬！」

兩名赤膊工人一同彎下腰去，四隻大手同時抓住青石板，高聲應道：「起！」

青石板由兩名赤膊工人抬著，穩穩當當地上了酒窖。

費笁濟轉過頭來又把目光盯在了馬蛋的臉上。

馬蛋的臉上一凜，跟著青石板一步一步走上了酒窖。

48

馬蛋依馬道霖的秘方投草藥於酒窖之後，嘉草配良泉，釀出的酒奇香無比，十里傳揚，竟蓋過了馬家酒坊。

馬尚雲一族對馬蛋過河傳酒之事非常反感，以為過河拆橋，對馬道霖一家也冷淡下來，而馬道霖卻因此看出馬蛋的品質，很是欣慰。

鑒於馬尚雲一族的誤會，馬道霖一家起了去意。

但大黑走丟了，馬蛋堅持找到大黑再走。

期間，一名酒坊工人向馬尚雲講述了喜鵲獻「女兒紅」的事情，馬尚雲如夢初醒，死死拉住馬道霖不讓走，擺酒席、唱大戲向馬道霖賠禮。

49

街市上，辛亥革命成功，清朝滅亡，共和實現的消息不脛而走。大家彈冠相慶，有人當眾剃髮，有人酒後喜悅的失態，有人聲淚俱下地大聲控訴清朝的腐敗。

既然改朝換代，於是萬象更新，新式的黃包車拉著西裝革履的新貴、旗袍口紅的麗人招搖過市，店鋪裡洋貨充斥，咖啡廳、酒廊、舞場等洋館穿插在涼皮店、扯面鋪的左左右右，趾高氣揚地出入著趕時髦的男男女女，前清的巡街變成了民國的員警。

蕭家集上，幾位春風得意之人敲開蕭望德的大門，拱手說道：「蕭義士援助革命，掩護同志有功，請參加政府！」

蕭望德忙不迭擺手：「對革命一無所知，無非是給了一個幼兒朋友幾個盤纏而已！」

來人問：「白向空同志現在何處？」

蕭望德的眼中飛快地跳蕩著一絲思索，旋即回答：「落荒之人，不知去向！」

來人又說：「仍請蕭義士參加政府！」

蕭望德堅辭：「一名小販而已，焉敢恬列於各位身邊！」

來人遞上名片：「有白向空同志消息，或蕭義士肯挺身而出時，請依址聯絡……」

50

華山寺廟──

蕭望德輕裝簡從，悟塵急步奔出，雙手合十，未及誦經，卻先大淚縱橫。

唏噓之後，蕭望德問：「你都知道了？」

悟塵點頭：「蒼天焉不辨涇渭，我佛慈悲亦懲惡！」

蕭望德遞上名片。

悟塵擺手說道：「佛光照耀六春秋，悟塵真的已經看破紅塵了！」

蕭望德說：「無論如何，中國已經走向了光明，這也是你曾經為之奮鬥的結果！」

悟塵一聲輕歎：「但願！」

蕭望德驚問：「何出此言？」

語塵意味深長地說道：「中國千年帝制，民眾一盤散沙，縱觀歷史，有明主則有富強，起亂軍則生禍殃。悟塵皈依之前所以獲難，乃是為終結牝雞司晨、太后干政，以保障光緒皇帝有所作為，中興國家。但孫文、黃興等人變維新為革命，推翻了清國，使歷史進程更近一步，悟塵之流，已屬塵埃，無需再提。」

蕭望德又問：「尋找你下山當官的那些人，當初不都是與你志同道合……」

悟塵輕蔑地打斷：「變保皇為棄皇，不忠不孝，無非是為名為利而已，此等讀書人的敗類，且不說悟塵已佛門中人，即便仍在俗界，也斷然不會同流合污。」

51

陝西國民政府宣告成立了，馬道霖興奮了好幾天，興奮得居然一改素日的收斂和謹慎，興奮的有些忘形。

他拿著馬尚雲從縣城帶回來的報紙，搖頭晃腦地大聲朗讀著，讀到緊要處，涕淚俱下。

次日，馬尚雲率領一家人來到馬道霖住處，恭恭敬敬地向馬道霖請安，馬道霖被嚇了一跳，驚問原委。

馬尚雲指著報紙上姓名說道：「兩位省府大員都是你的同年同窗，你是龍困淺灘，貴人哪！」

馬道霖大吃一驚，急忙掩飾否認。

馬尚雲揚起報紙說道：「昨天讀報時你親口所說！」

馬道霖又是一驚，連連擺手：「酒後失態，一派胡言……」

夜晚，馬尚雲叮囑家人：「馬道霖讀報之事，不可再加議論！」

馬尚雲妻說道：「不就是幾句醉話嗎？」

馬尚雲說：「昨天，他滴酒未進！」

夜晚，馬道霖望著熟睡的馬蛋，慢慢地舉起酒杯：「願國家太平永遠，盼吾孫身心康泰……」

52

民主共和之後，葦子坑的變化是微小的。唯一不同的是，報紙上先進知識分子吶喊了科技救國的口號之後，為葦子坑及葉家村兩群娃娃主持教席的馬道霖在「四書五經」之外，開始講授《本草綱目》之類的醫書。

八年後——

五四運動爆發，「德先生」、「賽先生」成了最時尚的詞彙，「民主救國」、「科學救國」成了先進知識分子的一致追求和共同行動。

西北大學課堂，石泉清肅立在講台上，以大的激情侃侃而談：「中國之百年積弱，蓋因無科學所致，無科學之全部原因乃有強制而無民主！前滿清政權，夜郎自大、鼠目寸光，以中央大國自居，對西方之科學更新、政治民主視而不見，堵塞言路，殘害精英，腐朽社會，糜爛國家，造成他人一日千里，我等沉墮深淵之現狀，石泉清身為教授，開課之始，願與同學諸位一同宣誓，為富強我國家而學民主！為振興我民族而學科技！」

校園——

石泉清與導師邊走邊談：「導師，『德先生』與『賽先生』難道有錯嗎？」

導師回答：「當然無錯！民主與科學永遠是人類社會前進的推進力！但是現在，辛亥革命的成果被反動軍閥竊取，對文明之摧殘，較之清廷更甚，對人民之壓迫，較之清廷更烈，革命的領袖中山先生竟需要避難海外，作為執政黨的中國國民黨居然沒有辦法在國內召開一次中央全會！在如此黑暗政權統治之下，你何以興科學？更何以言民主？」

石泉清沉思良久，堅定不移地說道：「那就只好再來一場革命，推翻它了！」

導師說道：「對！中國人民長時期忍受著北洋軍閥及其背後各國列強的兩層壓迫，國家生機和人民生機都已然危險到了極點！死的氣息，滅國亡民的氣息，堵塞在四萬萬人民的心裡，中國急迫地需要一場革命！一場比辛亥更為徹底的大革命！」

石泉清激情澎湃：「導師，我願意成為這場革命的參加者！」

導師遞過一本書：「中國國民黨召開第一次全國代表大會，孫中山重新解釋三民主義，建立聯俄、聯共、扶助農工的三大政策，改組國民黨，提出了打倒帝國主義、打倒軍閥的正確方針……」

53

葦子坑——

少年的馬蛋醫術過人，已經成為十里八鄉人人認可的郎中。

葉家村——

喜鵲沒有了女娃的模樣，出落成一個婷婷嫋嫋的姑娘。

54

郊外——

導師興奮地對石泉清說道：「國民黨第一次全國代表大會在廣州開幕，孫中山以國民黨總理的身分擔任大會主席六月十六日，黃埔軍校成立，蔣介石任校長，廖仲愷任黨代表。七月，陳廉伯的反動商團造反，黃埔學生首次出戰，平定了叛亂！」

石泉清焦急地問：「我能做什麼？」

導師說道：「參加國民黨！並向一切先進知識分子宣傳黨的綱領！費明軒同志在

關中學界有很大的影響，你曾經師從於他，他開了一份名單，你不妨先找找看。」

導師拿出名單，石泉清雙手接過。

名單上，「馬道霖」三個字清晰可見。

石泉清脫口說道：「馬道霖？」

導師：「怎麼？」

石泉清：「沒什麼，我的遠房親戚。聲援戊戌變法而受迫害，沒想到費明軒老師也看中了他。」

55

葦子坑——

馬道霖家中添酒加菜，石泉清說道：「舅舅的遭遇，我已經聽澧峪嶺老家的親戚們述說了，看到舅舅一家人在此有了生機，甚覺欣慰！」

馬道霖一聲苦歎：「國家尚無出路，百姓安有生機？」

石泉清藉機進言：「舅舅一針見血！目前，國家體制雖改為共和，但依然是軍閥當道，社會毫無民主可言，人民仍然饑寒交迫，而中國國民黨乃為中國人民奮鬥之最無私、最先進之團體，不知舅舅以為然否？」

馬道霖沉思之後問道：「你是國民黨？」

石泉清起身答道：「無比光榮！」

馬道霖非常認真地說道：「明軒的指引暫且不談，廖仲愷先生學問人品可為天下讀書人立範，你自幼上進，操守清白，你們的黨風氣如何，由此可窺。不過，舅舅已過激情年代，對政治再無興趣，一心一意所欲做的，就是想將孫兒撫養成人，所以，你喝下這杯酒，家事之外則不必再言其他！」

石泉清見馬蛋聰明伶俐，很是喜愛，一番誇讚之後，取出一枝鋼筆相贈。

馬蛋請示了爺爺之後，雙手接過。

馬辛奇等人也覺得新鮮，便取來觀看，但是，沒有人看懂。

筆帽上用俄文刻著一行小字：「三民主義萬歲。」

56

葦子坑家學，學生們統一地用毛筆書寫，馬蛋卻取出鋼筆。

馬道霖走至近旁，看了一陣，終於沒有制止，繼續了他的講授：「鼠疫，易生於大旱之年，病況慘烈，苦不堪言，以白茅根、白及、茜草根、防風、夏枯草、貓爪草、大黃、芒硝、石膏、玄參等九味草藥製成丸散，患者緩解，未患者不染……」

台下，喜鵲聞窗外鳥鳴而轉目，馬道霖見狀上前，一記戒尺打在喜鵲肩上。

喜鵲急忙起立，馬道霖令其背誦藥方，喜鵲雖然磕磕絆絆，卻也終於完整背出。

馬道霖又重重地打了喜鵲一下，囑其認真聽講。

下課後，喜鵲揉著肩膀，複背鼠疫藥方。

馬蛋發覺鋼筆丟失，焦急地尋找，喜鵲等一幫同學也紛紛出動幫忙，卻無論如何也找不到，馬蛋正絕望中，未想到大黑銜筆而來。

晚飯時，馬蛋將一塊肉夾入口中，悄悄離席走到了大黑身旁，完整地把肉吐了出來，大黑欣喜若狂。

馬蛋回到飯桌，馬道霖等一家人會意地笑了起來。

57

共黨興軍，禍亂開始，百姓水深火熱。

某夜，一夥匪軍包圍了葦子坑，以徵集兵餉為名，強令馬家交出萬元大洋。

馬道霖將馬尚雲日前所贈若干銀元一併呈上，仍舊是杯水車薪。

匪軍捕盡村人集於酒坊，姦淫女性，以逼迫各戶交錢。

馬辛奇忍無可忍，以武功連除匪軍數人，終被亂槍打死。

馬道霖以赴縣城告官救助村人為由，嚴令馬蛋逃離。

馬蛋走出村外，匪軍放火燒了酒坊。

馬道霖、馬尚雲等幾十人盡陷火海。

馬蛋大哭，轉身便往回跑。

大黑撲上去咬住不放，馬蛋大喊大叫，對大黑拳打腳踢，大黑一口咬住馬蛋的喉嚨，馬蛋的喊聲頓時停止，掙扎著捶打大黑，

熊熊大火中酒坊坍塌燃燒，馬道霖、馬尚雲等人漸漸化為焦炭。

匪軍帶著搶得的東西走了。

大黑拚命護主，馬蛋死裡逃生。

早晨，一輪血紅血紅的太陽從黑色烏雲的間隙照耀著寂靜的大地。

遠方，山形地勢依然，群山懷抱中的葦子坑卻沒有了，房屋酒窖變成一片漆黑的焦炭。

青山與炭土的邊緣，馬蛋仰天躺在一個水窪間，泥水中浸染著血沫，大黑一動不動護衛在他的身邊。

那條原本清澈的小河變得十分渾濁。小河彼岸，葉家村的人們老幼俱至，齊刷刷地站在河畔，以極大的驚駭望著被毀滅了的葦子坑，個個呆若木雞，良久竟無人能夠出聲。

喜鵲站立在人群的中間，臉上那副天生的笑容被巨大的震撼和恐懼所凝固，半晌之後，她突然大喊了一聲：「馬蛋哥！」遂向對岸奔去。

驚呆了的人們終於被喜鵲喚醒，男人們大呼小叫地撲向小河，涉水向那一片塗炭的黑土狂奔而去，女人們癱軟在河畔哭天搶地，一個小孩子的嚎啼撕心裂肺。

葉老七、費竺濟等人趕緊張羅著救人。

稍遠處，費竺濟指揮著幾個青年村民挖土救人，他的身上沾滿炭痕，聲音火急火燎，而一雙眼睛卻時時望向山丘上面的喜鵲，望向喜鵲懷中的馬蛋。

山丘上，馬蛋在喜鵲懷中漸漸有了動靜，在眾人的一片輕歎之中，馬蛋慢慢伸出手臂，一下一下緊緊地摟住喜鵲，口中喃喃呼喚的卻是媽，眾人看在眼裡臉上顯出不同的表情。

喜鵲身後，站立著葉凡仁、黃氏、葉老七和幾個上了年紀的同族。葉凡仁淚眼低垂，一言不語，默默地呈現出真摯的同情；黃氏臉上焦慮之間包含著憐愛，憐愛之中帶著一絲企盼；葉老七則屏息靜氣，仔細地觀察著馬蛋的生命跡象，突然間大喊一聲：「抬呀！趕緊朝家裡抬呀！」

數天之後，葉凡仁家，復原不久的馬蛋不言不語地踏過河水，來到被匪軍火焚的葦子坑，跪祭馬道霖等亡人。

喜鵲、黃氏、葉老七、費竺濟等人隨行照料。

禮畢之後，眾人攙扶著虛弱的馬蛋慢慢離開，行至河邊，馬蛋突然掙脫返回。廢墟間，馬蛋堅定不移翻動殘磚斷瓦，執著地尋找著什麼。

眾人關切地詢問到底想找何物。

馬蛋並不回答，只是繼續翻弄，手指磨出鮮血仍堅持不懈。

喜鵲忽然醒悟，上前幫忙。黃氏、葉老七等流淚不止，在嚴命費竺濟等人強力把馬蛋拉開之際，燒損了一端的鋼筆終於被馬蛋握在了手中。

58

葉家村口，葉老七站在大樹底下，手持一根煙袋吧嗒吧嗒地抽著。煙火的映照下，他的臉上閃爍著一種複雜的表情。

費竺濟像鬼魂一樣，從黑暗中走了過來，站在葉老七的身後，輕歎了一聲說道：

「對河一村幾十口子的人都死了！」

葉老七：「都死了！」

費竺濟：「獨獨剩下了一個馬蛋！」

葉老七帶著警惕說：「你啥意思？」

費竺濟湊近葉老七，伸手指了指馬蛋和喜鵲，輕聲說道：「兩人好！」

葉老七狠狠瞪了費竺濟一眼，不解地問道：「咋了？」

費竺濟一臉詭秘：「那天，馬蛋摟住喜鵲，叫媽！」

葉老七又瞪了費竺濟一眼：「那娃哭昏了！你不知道啊？」

費竺濟：「知道！可喜鵲她媽卻應了聲！她沒哭昏！」

葉老七眼神一跳：「你究竟啥意思？」

費竺濟：「從五六歲上，喜鵲就跟在那娃的身後面跑，七爺可是一路看過來的。當然了，自古婚姻，聽得是父母之命，娃們自己做不了主的。可一場兵禍下來，馬家沒有了人，可我那位東家奶奶可是在你七爺的臉前面應了聲的！」

葉老七：「你是說……」

費竺濟：「遲早，上門當女婿。」

葉老七輕鬆地一笑：「好事啊！那娃不錯！」

費竺濟刻意提醒：「一個女婿半個兒。七爺，您好像提起過，把立孝過繼到二爺家裡，養老送終。」

葉老七愣了一下，旋又說道：「同族中間，誰家無後，從近親兄弟的門裡過繼一個侄兒當孝子，這是幾百年的老規矩。就算我二哥家為喜鵲招個女婿，擋什麼事了？」

費竺濟：「一個女婿半個兒，半個兒也是兒啊！」

葉老七一板臉：「是兒咋了？多上一碗飯嘛！我們老葉家還端不出來嗎？」

費竺濟伸手一指遠處：「酒窖是那娃給旺起來的！」

葉老七：「旺起來咋了？不就扔進去幾片爛葉子嗎？起窖我二哥出了錢的！」

費竺濟陰冷地一笑：「當然！七爺忙前忙後，也是賺了錢的。」

葉老七的臉上顯出一片尷尬，低聲怒斥：「胡說八道！當心我打斷你的狗腿！」

費竺濟：「我一個下人，自然是不敢胡說八道！可只怕酒窖上的事情，那個馬蛋大概也知道，咱總不能把腿都打斷吧？」

葉老七用煙袋捅了費竺濟一下：「有話，你往明了說！」

費竺濟附耳上前：「子嗣過繼的事情，要快。那個馬蛋，七爺不該讓人抬進葉家村啊！」

葉老七手中的煙袋狠狠打在費竺濟的頭上：「整村人的面前，人家娃活過來了！不趕緊抬回來治，刨坑兒把他埋了？再說了，只要不跟上你胡攪，那娃不礙我什麼事情啊？」

費竺濟一把抓住葉老七手中的煙袋，陰沉著臉說道：「礙我的事。」

葉老七滿面驚愕：「礙你的事？」

費竺濟：「我費竺濟在老葉家當奴僕二十幾年了，應該說是把主家伺候得舒舒服服。要是讓我兒子入了贅，接碴兒給老葉家當牛做馬，那不是很好嗎？」

葉老七凝固了臉上所有的表情，用兩隻一下子瞪大了的眼睛盯住費竺濟看了很久，終於說道：「原來你早有盤算！」

費竺濟：「葦子坑沒了，葉家酒窖一定日進斗金，那是您家立孝的！老費父子有幾畝薄地，完全可以守著喜鵲安分守己地過日子了！再說，那個馬蛋聰穎過人，心有大志，在七爺面前可不一定會像我家兒子一樣聽話呀！」

寒月之下，葉老七久久地望著費竺濟那張乞求中帶著威脅的臉，遲疑地問道：「你覺得有門？」

費竺濟：「窖上的實賬在我手上，只要不露出來，立孝過繼的事情，誰能拿出理由來攔？」

葉老七咬牙切齒：「混蛋！我說的是你兒上門的事情！」

費竺濟微微冷笑：「知道！全靠七爺成全！」

59

馬蛋為自己的家人與葦子坑酒坊罹難的馬尚雲一族守孝卅日，從此沒了玩笑，陡然成熟。

黃氏與葉凡仁商量，打算招馬蛋為婿，以解無子之憂。

葉凡仁長期為無子而苦惱，平時萬事不當家，這次卻拍板做主，讓馬蛋住進了自己的家，與喜鵲的閨房一板之隔。

誰知，馬蛋的到來，竟令原本親愛仁和的村莊頓時變得殺機四伏。

馬蛋不願白吃白食，於是，向黃氏提出移居酒坊按勞取酬的請求，希望有一天以工資儲蓄將喜鵲明媒正娶。

喜鵲因此而感覺到了馬蛋做人有志氣，而對其更加敬愛。

黃氏也覺得如此一來可以擋住族人的閒話，便索性讓馬蛋當了酒坊管事。

一日，葉凡仁家，喜鵲的閨房——

喜鵲亭亭玉立，興奮中略帶羞澀，黃氏手持衣尺，正在給喜鵲丈量身材，旁邊桌子上一堆衣料之中彰顯著一塊水紅綢緞。

黃氏一邊量身一邊讚歎：「我娃身子真好！馬蛋揀便宜了！哈哈！」

喜鵲羞怯地扭捏了一下。

黄氏說道：「媽用那塊水紅緞子給你縫一件嫁衣，看我娃不把他馬蛋的兩隻眼睛給晃瞎了！」

喜鵲不好意思地叫了一聲媽，一下子背過身去。

黄氏調笑著說道：「噢，我娃不願意是吧？那咱不量了！我也不縫了！」

喜鵲撒嬌地捶打著黄氏。

黄氏從自己的脖子上取下一塊翠綠通透的玉佩，親柔地掛在喜鵲的項上說道：「捨不得呀，從你姥姥家帶過來的。」

60

遊歷四方的鄭天呂，面容蒼老，衣衫襤褸，背著胡琴來到了葉家村。葉家村的人們只道是來了個破落的琴師戲子，不太理睬。

馬蛋雖然不知其與自家的關係淵源，卻帶著一絲晚輩對長輩的尊敬，為鄭天呂熱情地安排了衣食。

鄭天呂出於感謝，為馬蛋彈奏了一曲，悠揚哀婉的樂聲不光吸引了馬蛋、喜鵲，就連葉凡仁也覺得鄭天呂的藝技高超。黃氏看到馬蛋和喜鵲喜歡，便出面做主把鄭天呂安排在酒窖上打雜。

馬蛋很快就和鄭天呂成了忘年之交，在兩人的交往中，鄭天呂意外地發現馬蛋竟是自己老友馬道霖的孫子，從此鄭天呂對馬蛋更加愛惜。

61

葉凡仁家空無一人，黃氏孤獨地坐在床邊，一臉惱怒與憤懣，不停地揪著手中一把掃床笤帚。

費竺濟走了進來，恭恭敬敬地開口叫道：「二奶奶！」

氣不打一處來的黃氏，揚手將笤帚扔向費竺濟說道：「你不要叫我二奶奶！我連一個兒子都生不出來，算什麼奶奶呀？」

費竺濟的眼珠飛快地一轉，走上前去，調動起感情說道：「那我叫妳妹妹！心肝妹妹！」

黃氏一愣，驚奇地看著費竺濟說道：「你叫我什麼？」

費竺濟表情語態之中帶出一份堅定：「妹妹！心肝妹妹！」

黃氏滿臉羞憤，抬手便打。

費竺濟一把將黃氏的手抓住說道：「二十年前，踏進這扇大門的那一剎那，妹妹一張臉像月亮一樣照耀在竺濟的心上，妹妹的臉明晃晃的，晃得竺濟的心像水一樣，一顫一顫。當時……當時啊，竺濟就想這樣叫妳！」

黃氏氣急敗壞，忿忿地啐了費竺濟一口：「呸！說什麼瘋話？你喝多了？」

費竺濟淚水盈盈：「二十年來，妳端來的水，我喝著滾熱；妳遞過的飯，我吃得香甜。妳走過我的窗簷，我恨不得把那股吹過妳身子的風攬進懷中；妳路過我的門口，我總是想將妳踩過的泥土貼在胸前！」

黃氏幾乎傻了，完全不知所措。

費竺濟卻繼續侃侃而談：「可是，妹妹，可是，我的心肝妹妹，主僕之間隔著寬寬一道黃河，竺濟實在是過不去呀！二十年來，竺濟做牛做馬，盡力盡責，五冬六夏，無怨無悔，心裡想的是啥？是啥？啥都不是！竺濟就是讓妳好啊！心肝妹妹！」

黃氏呆呆地望了費竺濟半天，臉上慢慢地浮現出一片感動，但還是努力地把手抽了出來說道：「正在這兒為生不出兒子生氣呢，你跑來說那些瘋話幹什麼？」

費竺濟再一次捉住黃氏的手：「生不出兒子就一定是妳的事嗎？」

黃氏：「你是說……」

費竺可：「對！」

黃氏急了，一拍大腿說道：「你是說，生不出孩子不一定是我的事？」

費竺濟說道：「咱莊戶人都知道，地，種什麼，長什麼。」

黃氏頓時喊叫了一聲：「我說不一定就是我笨嘛！」

費竺濟：「二爺得了個喜鵲，我屋裡可有一個兒子！聽懂了沒有？心肝妹妹！」

黃氏打了一個哆嗦：「你是說……咱倆兒……」

費竺濟握緊黃氏的手：「生個兒子！」

黃氏：「你是說……我跟你生個兒子？」

費竺濟摟著黃氏的頭，使勁地按向自己的懷間：「不！妳給妳生個兒子！」

黃氏在遲疑中默默躲避著：「不好吧……不好……不好……」

費竺濟的兩串淚水從雙眼流出，一顆一顆滴落在黃氏的頭頂：「二十多年了，日裡夢裡，總是想有一回，總是和妳想有一回，哪怕靜靜地在一處坐坐，也不枉竺濟在心裡喊了妳半生的心肝妹妹呀！」

黃氏的眼睛逐漸潮濕：「老都老了！就算是你心裡有過些什麼，該過去，也就都過去吧！」

費竺濟：「咬了二十幾年的牙，心裡再難忍，河邊林子裡，找一棵樹抱抱，竺濟能過去。可妹妹身後沒有兒子，竺濟老了，死了，誰來伺候妳？誰來心疼妳？」

黃氏的淚水奪眶而出：「你……」
費笁濟抱緊黃氏：「妳生個兒子吧！待妳有了，笁濟便走，遠遠地走！」
黃氏喃喃低語：「不！你不走！你不用走……我不讓你走……」
費笁濟帶著嗚咽，從喉嚨裡輕輕喊了一聲：「心肝妹妹！」便努力地將黃氏向床間按去。
黃氏軟弱地抵抗著。

62

費笁濟的小屋裡——
費笁濟手握茶杯端坐在椅子上，費子益垂手肅立在費笁濟的面前。
費笁濟：「從天亮開始，你得去討喜鵲的歡喜。還不單單是喜鵲，二爺、二奶奶的歡喜你都得去討。不能急，不能一下子顯露出來，要不動聲色，一點一點地動腦筋、想辦法。」
費子益木納地插嘴問道：「為啥？」
費笁濟一拍桌子：「為啥？為了你能上門給老葉家當女婿！」

費子益連連搖頭擺手：「不！我不當上門女婿！丟人！我也不喜歡喜鵲，瘋！」

費竺濟將手中的一杯茶水潑到費子益的臉上，低聲斥責：「丟人？掌管成山成堆的財產丟人不丟人？不喜歡？半夜三更坐在床上數錢，你喜歡不喜歡？」

費子益抹去臉上的茶水，嘟囔了一句：「喜鵲她媽說過，過幾年讓我接你老的帳冊，也可以當管家的。」

不等費子益說完，費竺濟便又是一口啐了過去：「呸！沒有出息的東西，狗屁管家！長工頭子罷了，老子低三下四了一輩子，你還當衣缽了？」

費妻聽到動靜走了進來，一邊擦拭費子益臉上的水跡，一邊勸解：「整村子的人都知道人家喜鵲和馬蛋兩個人好，你叫咱娃窮摻和啥呀？」

費竺濟：「窮摻和？摻和成了就不窮了！」

費子益：「我不願意！」

費竺濟一臉鬼魅：「哼，這事能由你嗎？嘿嘿，要是二奶奶能給我生個兒子，你不願意就不願意吧！哈哈！」

費妻看著費竺濟，滿面驚愕。

63

葉家村裡，馬蛋穿著嶄新的衣裳，從路上走過。

幾個村民在馬蛋背後指指點點，低聲議論：「新衣裳！二奶奶給置的！」

一村民說：「一身衣服算啥？遲早要上門做女婿，整個家都得是他的！」

前方，迎面走來了葉老七，馬蛋趕緊行晚輩禮。

葉老七故意擺出一副居高臨下的傲慢：「還住著呢？慢慢住，住多久都行！葉家，也是你的家嘛！啊！」

說完，葉老七拂袖而去。

河邊，馬蛋默默地站立著，眺望著對岸已成黃土的葦子坑，兩顆淚珠滾滾而落。

大黑一動不動，靜靜地守護在馬蛋身旁。

葉凡仁家正堂——

葉凡仁和黃氏分左右坐著，馬蛋身著往日舊裝，恭恭敬敬地站在他們面前。

側室內，喜鵲悄悄地站在門簾後面窺視。

費竺濟欠著雙腳，趴在窗簷下偷聽。

馬蛋：「大叔、大嬸！」

黃氏旋即皺起眉頭打斷：「這個稱呼喊得生分！」

馬蛋稍一思忖：「二老！」

黃氏答道：「嗯，這回近了點！」

側室簾後，喜鵲掩口一笑

堂外簷下，費竺濟略吃一驚。

馬蛋：「我想搬到酒窖上住！」

黃氏：「為啥？」

馬蛋：「按規矩出力，照章程領錢！」

黃氏：「屋裡缺你吃了？還是短你穿了？」

馬蛋：「不缺！不短！」

黃氏：「那你為啥？」

馬蛋：「為了……我想……」

黃氏：「你心裡想啥，嘴上明說！」

馬蛋遲疑了片刻，突然雙膝跪地，大聲地說道：「我想燒酒掙錢，來年春上，為喜鵲買下一副簪頭！」

馬蛋的話一出口，黃氏立刻擊掌喝彩：「好！我娃有志氣！明日你就上窖，來年春上，我讓喜鵲牽著高頭大馬接你回家！」

側室內，喜鵲蕩起一片幸福。
窗外，費竺濟滿臉絕望與仇恨。

64

鄭天呂染病，數名郎中診療之後搖頭而去。
馬蛋終於以堅持不懈，家傳土法將其救癒。
鄭天呂立起沉屙，贈琴為謝。

65

葉家酒窖上烈火紅焰，馬蛋坐在一隻酒桶上，一個人靜靜地當值，額頭上沁滿豆大的汗珠，晶瑩剔透。
窖外，豔陽之下，鄭天呂背靠著窖壁，默默地擦琴。
蜿蜒的小路上歡快地走來了喜鵲，胳膊上挎著一個包袱。

窨內，大黑聞風而起，愉快地叫了兩聲，便跳躍著鑽出酒窨，跑到喜鵲身旁。

喜鵲走到窨口，輕聲地向鄭天呂詢問：「呂伯，酒窨裡有人嗎？」

鄭天呂微笑著點了點頭。

喜鵲：「幾個人？」

鄭天呂不聲不響地伸出了一根手指。

喜鵲的臉微微一紅，低頭鑽了進去。

馬蛋顯然感覺到了喜鵲的來臨，卻故意一動不動地等待著。

喜鵲稍微有些無趣，便走到馬蛋身後大聲咳嗽。

馬蛋一邊燦爛地笑著，一邊轉過頭去。

喜鵲跺著腳低聲喝道：「起來！」

馬蛋：「幹啥？」

喜鵲：「我要坐那！」

馬蛋起身：「想我了吧？」

喜鵲坐下：「美死你吧！」

馬蛋：「那妳來幹啥？」

喜鵲將包袱放在地上，大黑急忙跑來嗅聞，喜鵲伸手轟開，一邊解開包袱，一邊說著：「讓你幫忙！」

馬蛋一時不解：「酒窖裡頭，幫什麼忙？」
喜鵲從包袱裡面取出一面小小的圓鏡，遞給馬蛋：「讓你幫我舉著！」
馬蛋接過鏡子，嘿嘿一笑。
喜鵲扳起臉一掌打斷馬蛋的笑聲：「舉好！手不許動！頭不准低！」
馬蛋略帶驚奇：「妳幹啥？」
喜鵲：「你管著？」
說著，喜鵲取出口紅胭脂等等，就著馬蛋手中的小鏡，慢慢地描畫起來。
大黑蹲在一邊，傻傻看著。
稍傾，喜鵲妝成起身，馬蛋定睛看得癡迷。
喜鵲卻又開口說道：「不許看我，轉過身去，去看那窖火！」
馬蛋做出一臉苦相：「看妳嘛！那窖火有什麼好看的？」
喜鵲：「不許看我！就讓你看窖火！我不叫你，你不許轉身！」
馬蛋順從地轉過身去，任一爐火炭將自己的臉映得通紅。
大黑也隨著馬蛋一併轉身面向爐火。
喜鵲悄悄地從包袱中取出水紅嫁衣，攜帶著極大的幸福慢慢地穿在身上：「馬蛋哥！你看我吧！」
馬蛋的身影在窖火的輝映下顫抖了一下，緩緩地轉過身來喜鵲在酒窖中間亭亭玉立，美不勝收。

馬蛋動情地呼喚了一聲：「喜鵲！」蕩起雙臂，將喜鵲攬入懷中，緊緊擁抱。

馬蛋與喜鵲的臉頰逐漸貼在一起，馬蛋臉上的汗水慢慢溶解著喜鵲臉上的脂粉。

大黑圍繞馬蛋和喜鵲邊跳邊叫。

窖外，鄭天呂拉響琴弦，一段樂曲如歌如頌……

66

河畔樹林，月黑星暗，費竺濟手中提著一小袋錢，不聲不響地等待著。

片刻，林間閃出了一個黑影，三步兩步來到費竺濟面前。

費竺濟環顧四處之後對那黑影低聲說道：「讓他走！永遠別回來！」

黑影：「走，容易！不讓回來，難！有腿！」

費竺濟：「不能回來！」

黑影：「那把頭摘了！」

費竺濟：「動靜太大！惹事！」

黑影：「那就打斷腿！」

費笁濟：「眼睛也要弄瞎！媽的，回來也沒人要！」
黑影一伸手：「好！給錢！」
費笁濟手一揚，隨著咣噹一聲響動，小袋子落在了黑影的手掌之中……
山林小路上，馬蛋行走在茫茫夜色之中。
大黑時前時後，緊緊跟隨。
深谷隘口，大黑突然止步，連聲吠叫。
馬蛋稍顯謹慎。
嘩啦啦一陣樹響，黑影從空而降，未及落地，噗地一下，一包白粉已經打在馬蛋的臉上。
馬蛋疼痛大叫。
黑影揮棒直向馬蛋雙腿打來。
大黑撲上前去一陣撕咬。
黑影抵擋不住，落荒而逃。
大黑伏在馬蛋臉旁，伸出舌頭，拚了命地舔吸著馬蛋的雙眼。

葉凡仁家——
馬蛋在喜鵲的哭聲之中終於被救活了，卻四肢癱軟動彈不得，兩眼血污，狀況慘不忍睹。

葉凡仁歎息不矣。

黃氏捶胸頓足。

喜鵲哭得死去活來。

費竺濟在一旁端湯遞水，痛心疾首，淚濕衣襟。

請來的三位郎中輪番上前反覆診視，而後一一搖頭擺手：「是『奪明散』！東家寬恕，這個病我們治不了！」

說罷，三位郎中收拾東西轉身欲走。

費竺濟急忙伸手攔住。

黃氏也追上去哭著說道：「無論多麼貴重的藥，你們開口，我不還價！」

郎中轉過身來說道：「唉，不是不治，實在是治不了！這位後生中的是『奪明散』，這『奪明散』乃江湖惡毒，製成的時候就沒有解藥啊！」

黃氏一陣暈眩：「那他的眼睛？」

郎中：「瞎了！」

撲通一下子，喜鵲癱軟在地上。

大黑因為馬蛋舔眼而中毒，奄奄一息。

馬蛋口述幾味草藥，讓喜鵲買來餵給了大黑，使大黑起死回生。

馬蛋失明，使葉凡仁一家起了分歧。原來定了心想招馬蛋為婿的黃氏改弦更張，說要收其做義子，與喜鵲以兄妹相處。

支持過黃氏意見的葉凡仁給馬蛋撥了房子、請了傭人、數了大洋，擺明了是讓馬蛋自立門戶。

唯有喜鵲一如既往：「馬蛋哥瞎了，那是我們的不幸，但我們受得起！」她喊出的口號無比響亮：「不是非馬蛋不嫁，而是非嫁馬蛋不可！」

＊　＊　＊

葉凡仁家，馬蛋的房間，桌子上面一盞油燈微弱地亮著，馬蛋坐在床邊，面向燈火，半晌不動。

大黑蹲在馬蛋的腳下，同樣對著燈火，不叫，不動。

馬蛋慢慢地站起來，走到桌邊，摸索著伸出手，掐滅了燈撚。

大黑輕輕地吠叫了一聲。

馬蛋抬起雙手緊緊捂住兩個眼窩，哀傷地抽搐著身體。

一片沉寂之後，馬蛋突然縱身躍起，以頭向牆上撞去。

大黑無聲無息地猛撲過去，用身體擋住了馬蛋。

馬蛋掙扎著爬起身來撞向另外一壁，大黑又撲上前去，穩穩地擋住。

幾番過後，馬蛋癱坐在地上不再動彈。
大黑以一爪牢牢踩住馬蛋身軀。
黑暗的房間裡面，大黑雙眼之中晶瑩的淚水閃閃發光。
馬蛋尋死之心被鄭天呂察覺，鄭天呂反覆思索，填了一首〈念奴嬌〉彈唱給了馬蛋聽，讓他明白男死女殉的道理。

殘雪飛來，壓春情，人影依稀冰透，郎君已走。恨分別，孤我何堪忍受？寂寞獨守，不如攜手。白練向天舞，癡女來兮，郎心泉下知否？
福兮禍兮天奪，日月無疏漏。枯枝撒手，餘花同走，怎相忍，毀了一香衣袖？系緊離愁，生死不同求，卻斷情苦，山高地遠，紅顏或有白頭！

鄭天呂以此曲暗示他不要斷送喜鵲。
馬蛋聽了明白，遂搬出葉家，冷淡喜鵲，並且不梳不洗，蓬頭垢面，奏琴之外，不事其他，盼望以癡傻之狀逐漸熄滅喜鵲的愛情。

67

費竺濟未能殺死馬蛋，但馬蛋失明後的表現及葉凡仁夫婦的態度，令費竺濟有機可乘，他以葉老七的把柄相要脅，以未來利益相誘惑，唆使葉老七為自己的兒子保媒為葉家之婿。

與此同時，費竺濟還謊稱自己對黃氏素懷真情，雙方後代聯姻乃恩愛永存，花言巧語使黃氏十分感動，應允之餘，再行雲雨，被葉凡仁無意中窺見，雖羞憤難當，但知黃氏乃為子嗣所計，竟咬牙離去。

喜鵲向馬蛋陳述，一村之人含父母在內，之所以對自己的婚事關懷備至，全都是為了財產承襲，沒有人思考男女情愛，而自己心間，馬蛋之外早已容不下他人。

馬蛋心知肚明，卻只管奏琴，一言不語。

葉老七召集族中長輩討論喜鵲婚事，滿口仁義道德，黃氏挺身支持，眼看費子益入贅一事便要決定，喜鵲突然衝入席間，跪地叩首，坦言已經自嫁馬蛋，且同房多日。

此言一出，全村尊長瞠目結舌。

自古姦出婦人口，喜鵲言之鑿鑿公然認了馬蛋，當屬鐵板釘釘。

葉凡仁以一女不事二夫，準備成全。

葉老七也以為事已至此，不再言語。

唯黃氏堅決不允，說是紅杏出牆是一時之錯，定不了終身，堅定不移地要召費子益入贅。

馬蛋的處境頓時尷尬，為了洗白喜鵲，情急中他當街跪下放聲高唱：「喜鵲喜鵲，童貞沒破，喜鵲喜鵲，嘴錯身沒錯……」

馬蛋的行為引起村人震動，而黃氏卻鎖了喜鵲，緊急操辦婚事。

黃氏的態度使費竺濟的企圖死灰復燃。

費子益原本就無意於喜鵲，如今聽說喜鵲自稱已非女兒身就更不情願。

費竺濟關門訓子，說他自己一生為奴低三下四，入贅葉家，一步登天云云，言語間還透露了自己貪污盜財，誘引黃氏的惡行。

恰好，黃氏來找費竺濟討論喜鵲婚事，門外廊下，費竺濟所言所語盡入其耳，氣得一個踉蹌，險些跌倒。

在費竺濟因為如意算盤將成的喜悅之中，黃氏大病了三天。

三天後，黃氏的態度變了，一天之內，她做了兩件事：不留餘地一舉推翻了費子益入贅的事情；一言不發默默地給馬蛋送去了一袋銀元。

費竺濟急眼了，找到黃氏以公開自己與其之間的姦情相威脅，逼迫黃氏立即召其子為婿。

黃氏痛罵費竺濟衣冠禽獸，悲憤交加，吐血而亡。

費竺濟掃淨足跡，悄然逃離。

68

關中鄉的規矩，人死了事小，出殯沒有孝子送行事大。緣此，葉家村中又起波瀾。

費竺濟以黃氏生前已有主張為由，推其子以女婿的身分代表孝兒。

葉老七企圖趁機把自己的兒子過繼給葉凡仁家。

葉凡仁本人因早已看穿各方醜惡，堅持代子行孝自送亡妻。

喜鵲也想披麻戴孝送送親娘，卻被一族長輩臭罵了一頓。

幾經商議，依風俗用白紙紮了一個孝子，黃氏的殯儀開始了。

沒有人能夠想到，馬蛋素衣素帶，全副孝子模樣，出現在送葬隊伍的前頭，哭喊了一聲「我的娘」便接過了棺扛。

雖說一片譁然，但棺槨已起，無人敢驚了鬼魂，也只好由他去了。

事畢，喜鵲至馬蛋住處，誇讚他肯送岳母。

馬蛋卻冷冷地說道：「無非是知道妳媽是因想生兒子而死，覺得死後應該有個兒子送行，所以冒充一下罷了。況且，當年親娘死了，自己未能送成，索性一併了卻心願。」

喜鵲被撇的半晌無語，訕訕地詢問婚事如何辦。

馬蛋語調如冰，說兩人僅同館習文而已，並無婚事可言，且順手將黃氏所贈一袋銀元拋棄在喜鵲腳下。

喜鵲一腳踢開銀元，嚎啕而去。

葉凡仁因喪妻而變得寡語、呆滯。

但以奪取葉凡仁巨大財產為終極目標的過繼與入贅，依舊如火如荼。

費竺濟的罪惡因為黃氏的死亡被掩蓋了，他依然是葉府忠心耿耿的管家，不斷遊說著為兒子入贅的事情。

葉老七身為堂弟，為本家哥哥操持子嗣過繼是義不容辭的。

喜鵲再三再四地去找馬蛋，說盡了好話，馬蛋卻始終不理不睬。喜鵲話說多了，馬蛋索性以琴聲相擾，把喜鵲冷冷地晾在一邊。

一日，喜鵲被冷淡激怒，一掌打在馬蛋臉上，淚落如雨，歷數了彼此之間美好往事。

馬蛋默然聽罷反擊一掌，說是舊事已矣，相互兩清。
終於，喜鵲心灰意冷了，在給馬蛋送去一頓親手烹飪的豐盛飯菜之後，喜鵲梳妝打扮，身穿水紅嫁衣，手持繩索，徜徉林間，欲尋短見。
鄭天呂追蹤而來，向她講解了馬蛋因自己眼盲不忍拖累喜鵲，而若突然離去又恐她心傷過度，只好暫居於此，日漸冷淡，假以時日，促使喜鵲得以自拔這一番苦心。
喜鵲熱淚橫流，向鄭天呂一躬到地之後，直奔馬蛋住處而去。
喜鵲抱住馬蛋一陣動情連聲呼喚，馬蛋依然冷語相向。
喜鵲問：「還記得當初同唱《夫妻討飯》嗎？」
馬蛋道：「遊戲而已。」
喜鵲說：「今天我要和你再唱一遍！」
說罷，取繩索捆綁馬蛋於床，解馬蛋腰帶，褪自己衣裳，騎跨在馬蛋身上。
歌聲起，淚水下，大黑叫得歡快，終於，馬蛋也哭了。
喜鵲所唱的《夫妻討飯》在夜晚的風中傳送，哀婉悲涼，如泣如訴，葉家村的人們一戶又一戶地走了出來，驚愕地聽著。

69

夜唱《夫妻討飯》一事給費竺濟帶來了極大的恐懼，他知道，這一回喜鵲無疑是以身相許了，小姐使了性子，老爺不聞不問，生米成了熟飯，時間稍長一切皆無可救藥了。

費竺濟明白，馬蛋不死，目的難成。

清晨，徹夜未眠的費竺濟獨自來到馬蛋的住處，一把胡琴放在床上，馬蛋、大黑都不在，費竺濟一臉驚喜，將一包藥粉倒入了桌上水杯中。

喜鵲醒得很晚，醒了，仍然不肯下床，一臉燦爛，止不住地一陣一陣地笑著。

費竺濟急不可耐地找到葉老七，一番討價還價之後，葉老七與拿住自己把柄的費竺濟暗地裡達成協議——費子益入贅以喜鵲為妻，葉老七次子過繼為喜鵲兄長，待葉凡仁百年歸西，家產兩戶平分。

長輩們被糾集在一處，又議了半晌，最後由族長葉鶴年拍案頂板，遵照葉老七與費竺濟的意思決定了此事，只等葉凡仁到場當眾畫押。

* * *

喜鵲端著飯菜，以多日少見的歡快步履走進馬蛋的住處，不見人，不見狗，只有馬蛋心愛的胡琴躺在馬蛋的床上，喜鵲把胡琴擦了又擦，仍不見馬蛋歸來，便笑瞇瞇地四處尋找。

通關大道上，馬蛋手執盲棍，孤獨地行走著，大黑無奈地跟隨在馬蛋的身後，時時停止腳步回過頭去吠叫幾聲。

鄭天呂為瑣事來到馬蛋的住處，東張西望不見馬蛋，隨手拿起桌上的水杯一飲而盡，在返回磚窯的小路上無聲無息地倒下了。

葉凡仁好歹被請來了，坐在他的位置上。有人將承嗣、入贅的公議搖頭晃腦地念了一番。葉凡仁聽罷，把堂上的人們挨個望了一遍，卻一言不發。尊長叫他，他也不理，一動不動地坐了很久。

費竺濟走到他的身邊，扶肩相問，葉凡仁卻身子一歪倒在地上，死了。

葉凡仁的死居然沒有給喜鵲帶來眼淚，喪事是葉老七主持，費竺濟操辦的，喜鵲係女兒之身沒有資格扶棺送葬，她在院子裡站立了一天，如枯樹一般一動不動，默默地聆聽著外面的哭天搶地，已經分辨不出真情和假意。

酒坊的工人們心明眼亮，一番議論之後，藉著道喪的名義跑來認喜鵲為少東家。

葉老七似乎有了悔意，以長輩身分再三宣佈，無論喜鵲自守、召婿、嫁出，一半家產任其處置，而另一半家產則暫由叔伯們公理，一俟有了男丁，悉數發還。

費竺濟則以黃氏前有主張、尊長後有公議、葉凡仁到場未加反對等為由，向喜鵲逼婚。

村中長輩又議了一次，覺得無男不成家，又都是先前定下來的舊事，就算是喜鵲心中有個馬蛋，如今人家不是也跑了嗎？葉凡仁家連喪兩人，也該有場喜事沖沖了，於是張燈結綵，只等著吉日到來了。

面對種種一切，喜鵲始終未置一詞，她只做了兩件事——把馬蛋的琴取了回來，孤獨地為父親守孝。

夜晚，費竺濟關閉門窗，得意洋洋地坐在床上喝老酒、唱皮影，不亦悅乎。

喜鵲點亮家中所有的燈，塗脂抹粉，戴上玉佩，穿上水紅嫁衣，將兩支紅燭裝入包袱，背起胡琴，踏進了沉沉的夜色。

70

關中某鎮，馬蛋的衣衫已顯陳舊，大黑則略有消瘦。

食攤之前，馬蛋思忖良久，終於摸出小錢買了一個肉夾饃。

街角，馬蛋坐在階上，將饃中之肉倒於掌心伸向大黑，大黑拒食，馬蛋咬了口饃，再餵，再拒，終於分而食之。

＊　＊　＊

葉家村人披紅掛綠，鞭炮齊鳴，卻不見了喜鵲。

在葉老七的默認之下，費笠濟強行送子登堂入室。

＊　＊　＊

關中道上，喜鵲逢人便問：「瞎子和狗？」

＊　＊　＊

喜鵲走後，葉老七接收了葉家，他深知費笠濟這些年偷雞摸狗，私吞葉家財產的勾當，為了獨霸葉家財產，葉老七打算將費笠濟一家趕走，無奈費笠濟手裡握有他的把柄，葉老七只得另尋機會。

＊　＊　＊

時日更迭，某地，筋疲力盡的喜鵲終於遠遠地看見了馬蛋和大黑，淚如雨下之後，喜鵲並不呼喚，只是默默地一路相隨。

大黑突然止步，呆立，長吠，奔向喜鵲。

馬蛋有所感知，佇立街邊，一動不動。

十字街頭，喜鵲高聲唱起了《夫妻討飯》，長歌當哭，撕裂人心。

小店陋室——

馬蛋問：「妳來幹什麼？」

喜鵲答：「送琴。」

夜晚，喜鵲執著馬蛋之手，撫摸嫁衣。

馬蛋勸告：「妳有萬貫家財，何愁沒有一個男人。」

喜鵲回答：「我不要家財，只要你這個男人！」

言畢，從包中取出紅燭，雙雙點燃，令大黑兼了伴娘伴郎，要與馬蛋拜堂。

馬蛋面壁不允，喜鵲只管獨自拜過天地、爹娘，輪到夫妻對拜一節，喜鵲轉向馬蛋長跪不起。

良久，喜鵲告訴馬蛋：「我已經懷孕了。」

馬蛋渾身一震，轉身，撲通一下，雙膝觸地。

葉老七掌管葉家後，叫來帳房將葉家財產做一統計，結果比他想像的要少得多，他不禁想起葉凡仁夫妻的談話，斷定喜鵲藏有暗財。

＊　＊　＊

異鄉，馬蛋與喜鵲衣履不端，已顯丐跡；喜鵲大腹便便，產期將近。
兩巡警過來，說是依法收取「乞討稅」。
馬蛋抗辯：「不是乞丐，憑什繳稅？」
巡警索要房產地契，說拿不出來就是乞丐。
喜鵲無心爭執取出錢袋。
兩巡警一把奪去。
馬蛋怒髮衝冠，喜鵲平心靜氣，說：「遲早為丐，今日既然交了乞丐稅，明日索性討飯。」

＊　＊　＊

馬蛋趁機再次勸說喜鵲回鄉，喜鵲一聲冷笑。

為了得到暗財，葉老七偷偷買通了土匪黃鬍子，要他尋找跟蹤馬蛋和喜鵲，逼喜鵲走投無路返回葉家村，必要時可以殺了馬蛋，但絕對不能傷了喜鵲。

黃鬍子問：「萬一傷了呢？」

葉老七厲聲說道：「那你就是我們葉家的仇人，我花大錢雇刀客殺你！」

費竺濟洞察到葉老七追殺馬蛋，得意洋洋地準備坐收漁翁之利。

* * *

一連幾天，喜鵲都感覺有人在跟蹤他們，但又找不出來人，兩人商量之後，推測應該是葉老七怕他們兩口子回家奪回家財派來取命的人。為了安全起見，兩人決定一直向西走，遠離葉家村，向葉家門裡的人表明不會回去的決心，這樣葉老七就不會再找他們的麻煩了。

71

街頭，革命者石泉清講演：「民國建立經年，然三民主義何以貫徹？中華大國依然在列強鉗銜之下無可自主，贓官霸道，惡吏橫行，四萬萬同胞被軍閥如煎魚烤脯一般置於火焰之上……」

馬蛋和喜鵲一路走來，聽聞此言心有戚戚。

馬蛋和喜鵲街市乞討，石泉清匆匆而來，見狀，取出一枚小錢，放入馬蛋腳下破碗。

馬蛋聽到錢響，急忙喚道：「先生留步！」

石泉清回眸，馬蛋雙手將錢幣奉出說道：「饑餓之人有糧即可，雖為乞丐，卻從不收受錢財。」

石泉清凝望馬蛋片刻，收回錢，轉身去買了幾個餅子復返。

馬蛋和喜鵲雙雙一躬到地，不料，插在馬蛋衣襟的鋼筆隨之落地。

石泉清俯身代為拾起，順便看了一眼，不禁大吃一驚：「請問貴姓？此筆從何而來？」

馬蛋回答：「行乞之人無姓，筆乃幼兒時一遠親所贈。」

石泉清慨然淚下，緊緊擁抱住馬蛋說道：「你姓馬！我便是當年贈筆的親戚……」

小店裡，石泉清指著筆上刻字問馬蛋：「聽說過三民主義嗎？」

馬蛋點頭。

石泉清又問：「知道國民黨是幹什麼的嗎？」

馬蛋搖頭。

石泉清鄭重地說：「實現三民主義！首先解放如你這般的勞苦大眾！」

石泉清動員馬蛋和喜鵲跟自己走，馬蛋以眼盲累贅堅辭不從。

＊　＊　＊

馬蛋和喜鵲沒再發現有人跟蹤他們，兩人懸著的心暫時放下，殊不知黃鬍子緊隨其後，並將喜鵲懷孕的情況彙報給葉老七。

得知喜鵲懷孕的消息，葉老七更加急躁，這樣一來葉家就有後了，喜鵲的孩子將來肯定會回來繼承財產的，於是，葉老七命令黃鬍子尋找時機殺了孩子。

冬天來了，喜鵲的身子越來越虛弱了，兩人決定暫時在這兒定居，生下孩子再說，於是，他們找了一間破廟住了下來。

這天馬蛋出去找吃的，大黑陪喜鵲待在廟裡，機靈的大黑突然嗅到陌生人的氣味，吠了起來。喜鵲聞聲來到門邊，打開門沒有人影，但雪地裡卻出現了一排腳印。喜鵲立刻回想起在鎮上跟蹤他們的人，心裡頓時不安起來，焦急地盼望馬蛋回來。

馬蛋回來了，喜鵲迫不及待地將此事告訴他，兩人意識到事情可能比他們想的嚴重，同時推測這個人可能是為孩子而來，現在只能躲一時是一時了。

黃鬍子查獲馬蛋與喜鵲蹤跡，馬蛋兩人再三躲避，進了山林。

十冬臘月，滿天飛雪，喜鵲臨盆。

馬蛋燃起四堆篝火。

大黑銜來枯草落葉。

黃鬍子尋光而至。

大黑喚來群狼護衛。

喜鵲難產，馬蛋為其接生，艱難之後，一聲啼哭，喜鵲在昏迷中產子。

嬰兒餓泣不矣，喜鵲卻無奶水，一條母狼溫和地臥倒為嬰兒哺乳。

馬蛋拉琴唱起了《夫妻討飯》，胡琴之聲如泣如訴，響徹夜空。

喜鵲從昏迷中醒來，伸過手去，從馬蛋懷中接過孩子，把孩子親了又親，看了又看，發現孩子的腳上有一塊跟馬蛋腳上一樣的胎記。

喜鵲推過包袱讓馬蛋打開，然後拿出一件舊衣服，給孩子擦乾了身子，然後從包袱中拉出那件水紅棉襖，將孩子包了起來。

包好了孩子，兩個人又想起黃鬍子，天亮了這孩子怎麼辦，萬一黃鬍子發現了怎麼辦？葉老七放得了他們，可絕不會放過這個孩子。

遠處傳來了幾聲雞啼，馬蛋說：「咱們走吧，天明了咱們就走不了了。」

馬蛋把繈褓中的孩子綁在大黑的身上，攙著喜鵲艱難地朝大路走去。他們想在路邊搭個順便的馬車，甩掉黃鬍子，帶著孩子遠走高飛。

走到離橋頭不遠的一個麥垛前，喜鵲說她實在走不動了，要坐下來緩口氣。

馬蛋扶喜鵲躺在麥秸上，喜鵲流著淚摟著孩子說她真的走不動了，真想永遠躺在這裡。

忽然大黑「汪汪」地叫了兩聲，順著大黑叫的方向，他們發現黃鬍子正從遠處朝他們這個方向走來。

喜鵲看著那個漸行漸近的身影跟馬蛋說：「那個人已經跟上來了，可能是發現了什麼。」

馬蛋說：「如果把孩子帶在身邊，咱們一定走不遠，而且也跑不了，如果那樣，孩子就會落到那人手裡，為了保住孩子，只能把孩子藏到這草垛裡，然後朝相反的方向跑，引開後，再回來抱孩子。老輩人常說，孩子的命比成人大，萬一咱們被害死，哪個好心人撿了孩子去，也能保住孩子的一條性命。」

喜鵲已經精疲力盡走投無路，除了這一條路了也沒有其他辦法，於是，便把孩子包了又包，裹了又裹，藏在了草垛中。

馬蛋剛說要走，喜鵲又折回頭來，流著眼淚從貼身口袋中掏出母親送她的那塊玉佩，放進嘴裡咬成了兩半，把帶著絲繩兒的半塊，掛在孩子的脖子上，把剩下的半塊重新揣進貼身口袋，又用雙手扯下那件水紅襖兒的一隻袖子和一片衣襟，包到了孩子的繦褓裡，說是萬一走失，也可以通過這些物件和證據找回走失的孩子。

馬蛋和喜鵲用麥秸蓋住孩子，讓大黑在一旁守護，然後向相反的方向走去。

72

一掛馬車呼嘯而來，車廂裡坐著蕭望德和夫人。

* * *

馬蛋和喜鵲走到一個坡道邊的時候，被黃鬍子追上。

黃鬍子逼問馬蛋孩子的下落，喜鵲上前護救，被黃鬍子打昏在地。

無奈之下馬蛋打了一個呼哨，大黑聞聲而至，撕咬黃鬍子，黃鬍子抵擋不住，扔下棍子逃走。

馬蛋急找喜鵲，四處摸尋，一不小心跌到坡道之下。

大黑看到主人跌下了土坡，縱身跳下去相救。

馬車行至麥垜停止，蕭夫人下車赴麥垜方便，卻聽到了一聲啼哭。

蕭夫人順著孩子的哭聲，發現麥垜裡有個剛剛出生不久的嬰兒。

打開繈褓，在一襲斷了一袖的水紅嫁衣裡面，蕭夫人看到了一個美麗的男孩和半塊玉佩。

蕭夫人連忙叫來老爺，兩人商量之後決定先等一會兒再說。

等了半晌卻沒有人來，兩人又向四周喊問：「誰的孩子丟在這裡？」

不想，半晌也沒有應聲。

蕭望德與夫人望著繈褓裡的玉佩和水紅嫁衣的一片衣襟，覺得這八成是個被遺棄的私生子。可是，如果把這個孩子留在這兒，一定會被凍死。想了一下之後，便留下十塊銀元，抱著孩子，匆匆上了車，沿著灞河向東而去了。

天色微明，土坡下，馬蛋與喜鵲甦醒過來，急匆匆趕往橋頭的麥垜，不見了孩子卻看到十塊銀元。

知道自己的孩子被別人抱走，喜鵲心如刀割，馬蛋也是哀痛不矣，但馬蛋仍然強作笑顏勸慰喜鵲說：「於無人之處抱走孩子，仍肯留下十塊銀元，可見此人品德高尚，孩子由此人撫養，想來不會受苦。」

喜鵲雖傷心不矣，卻又無可奈何，只好在心頭暗自發誓，無論多千辛萬苦，一定要找到孩子。

＊　＊　＊

黃鬍子負傷回到葉家，葉老七在斥責一番之後，命令黃鬍子繼續跟蹤喜鵲夫婦，找機會一定要除掉孩子和馬蛋。

躲在門外的費竺濟聽到後，心裡暗喜。

＊　＊　＊

蕭望德夫婦連生四女，始終無子，萬貫產業，後繼無人，苦惱非常，盯著老天爺送來的男嬰大喜過望，兩人相議藉雛孵窩，於是，在車廂裡，給孩子換了褓褓，自己扮裝月婆，嚴囑車夫保守機密，披星戴月來到鄉間府邸。

親友只當是蕭夫人生了個兒子，回老家坐月子，自然人人歡呼，個個喜慶。

＊　＊　＊

夜晚，蕭望德與夫人一起，將半塊玉佩並水紅嫁衣，妥妥當當地秘藏了起來。

悟塵率領一隊僧侶至某廟宇交流佛事，途中見馬蛋和喜鵲行乞，唱佛之後，從缽中取齋飯分給馬蛋和喜鵲，無意中見到馬蛋足上胎痕，不動聲色地詢問，馬蛋和喜鵲無意詳述，謝過離去。

悟塵遂派遣武僧水清以化緣為由，去澧峪嶺打探。水清歸來，報告了馬家澧峪嶺獲罪、葦子坑火焚、獨子馬蛋葉家村因財產之爭遭人迫害背井離鄉……等前因後果。

悟塵沉思之後，委派水清尾隨馬蛋和喜鵲，暗中保護。

73

鎮上，馬蛋又聽到了石泉清的聲音，這次是石泉清被鎖在共黨的木籠之中遊街，即將以「階級敵人」的罪名砍頭。

籠中的石泉清並不懼怕，如似講演把一段話說得鏗鏘有力：「國家在危亡之際，人民在水火之中……」

看到石泉清被關在木籠裡即將行刑，回想起這一路來的所見所聞，馬蛋感歎世事無常，拉響胡琴為其送行，雖遭兵丁們再三毆打驅逐，馬蛋卻堅持不懈，一路相隨，一直唱到石泉清的頭顱落地。

石泉清被殺之後，馬蛋當街祭筆，在眾人的嘲笑之中，大淚滾滾。

＊　＊　＊

黃鬍子找到馬蛋夫婦，得知孩子丟失，他將此情況飛鴿傳書給葉老七。

葉老七命他伺機而動，斬草除根！並向黃鬍子許下重利。

這日趁喜鵲不在，黃鬍子欲向馬蛋下毒手，情急之中，水清出面以武功制止，黃鬍子埋怨和尚多事，水清警告：「施主最好棄邪歸正，否則，我佛慈悲亦懲惡！」

74

蕭夫人撿來的孩子快滿月了，因為是上天所賜，於是，起了一個名字叫做「蕭天賜」。

四十得子，蕭門大幸，蕭望德擺下街宴，宴請路人，想以滿月喜酒的形式謝天謝地，屬相圖騰、吉祥燈籠呼拉拉掛出數里之遙。

蕭天賜滿月這天，從一大清早開始，一掛又一掛貼了紅紙的紛至遝來，蕭家門下各個店鋪、錢莊的大小掌櫃紛紛趕來赴宴賀喜，大箱大箱的花紅禮品堆的小山似的。

而未等天亮，蕭望德和蕭夫人便帶著蕭天賜上華山廟裡給寄名燒香去了。

華山廟裡悟塵法師，特意換了全新的鞋帽袈裟，口中念念有詞，在黃紙上畫符，寫上了蕭天賜的名字，放在佛前香爐底下壓了，又念了一通經咒，蕭望德和夫人更是雙雙跪地，面佛而禮，如此這般，給算是給孩子寄了名，燒了香，許了願。

馬蛋和喜鵲也相攙相扶地來到了華山廟裡，他們也是為自己丟失的孩子上香許願的。

當著喜鵲的面，馬蛋對佛發誓：「無論遭受何種屈辱和苦難，都一定要把孩子找回來。」

悟塵法師在大殿裡正忙著招呼蕭望德一家，一位沙彌僧虔誠地為馬蛋和喜鵲撞響了佛鐘。

大殿裡面，悟塵法師為蕭天賜做法事時，看見蕭天賜腳上胎痕暗中吃了一驚，婉轉地詢問蕭天賜的來歷，蕭夫人信誓旦旦：「親生！」

佛堂聖地，蕭望德的雙眼之間卻閃爍出一絲慌亂和躲避。

禮畢，蕭望德一家離去之際，悟塵叮囑：「此嬰兒品貌極為貴重，前途無可限量，既然起名蕭天賜，則可與人爭而不可與天違！」

蕭望德夫婦抱著蕭天賜在華山廟宇下面的善林種植了長命樹，正打算上車返回，卻與扛著樹苗準備入林馬蛋和喜鵲擦肩而過。

廟堂之處，人來人往，蕭望德夫婦和馬蛋喜鵲他們誰也沒在意，可大黑突然鬧了起來，圍著廟門外抱著蕭天賜的蕭夫人一再狂吠不已，搞得喜鵲和馬蛋兩人拉都拉不住，蕭家人急忙躲避而去。

在廟宇中上了香之後，馬蛋和喜鵲心頭的鬱悶有所舒緩，聽說蕭家集大戶貴子滿月，要唱三天大戲，今天首日，喜鵲算算自己的孩子也滿月了，便跟著人們一起來到蕭家集。

這蕭家集是灞河上川第一個大鎮子，每月凡逢三、六、九日都開集。

其實，這地方馬蛋和喜鵲不止一次地去過。

不過，那時候馬蛋和喜鵲，一個是財主家的小姐，一個是葉家酒場的師傅，而集市上大部分酒又都出自葉家，實在是風光的很。

而今天物換星移，時過境遷，令人唏噓感歎。

因為蕭家集第一大戶蕭家的兒子要過滿月，集上熱鬧非凡。

馬蛋見到人家的孩子過滿月，自然也想起了自己的孩子，心中不禁陣陣哀傷，便坐在路口的大樹下，打開琴囊，取出二胡，拉了起來。

淒厲哀婉的琴聲引來了許多人，人們一圈一圈圍在馬蛋和喜鵲身邊，詢問兩人身世。馬蛋和喜鵲也順便打聽自己孩子的下落。

75

蕭家大院粉飾一新，院裡掛滿了大紅宮燈，擺設了祖宗香案牌位，像過年一樣。

華燈初上，院門口點響了十幾掛閃光花炮。

禮炮之後，依照民俗，蕭夫人抱出身穿大紅棉襖的蕭天賜，走到門外街宴的席間讓客人觀看。

親朋好友紛紛聚攏，對蕭天賜一片稱讚，借著機會趕來白吃白喝的更是口出吉言，阿諛奉承不止。

戲開場了，從《三娘教子》到《五女拜壽》，唱得滿堂喝彩。

隨後，馬蛋走上戲台，撥動胡琴，彈唱了一首〈母子情〉，他哀怨動人的琴聲、如泣如訴的演唱，讓一場院的觀眾為之感歎。

馬蛋正唱到情深處，喜鵲突然一聲尖叫：「我的孩子！」從後台裡面一挑簾後衝上台來，抱住馬蛋大淚如雨。

觀眾們一下子亂套了，連後台的戲子、師傅們也不知所措，一時間台上台下議論紛紛，就連被蕭夫人抱在懷裡安祥入睡的蕭天賜也號淘大哭起來，怎麼哄都哄不住。

沖了人家喜，是一定要去謝罪的。

於是，陳三弦領著馬蛋和喜鵲兩個人，來到了蕭望德夫婦面前。

蕭望德為人一向寬厚，一擺手事情就算過去了。

蕭夫人看到喜鵲傷心不矣的樣子，竟不由自主地將懷中的蕭天賜抱給喜鵲。

一直哭鬧的蕭天賜，在喜鵲懷中頓時變得安靜起來。

喜鵲緊緊摟住，捨不得鬆手。

旁邊，奶媽看著喜鵲衣衫襤褸，趕緊又把孩子搶了回來。

雙方交接急促，喜鵲沒有看到蕭天賜腳上的那一記胎痕。

因為喜鵲沖了蕭家的喜宴，馬蛋覺得過意不去，便請辭離開陳三弦的班子。

陳三弦說，雖然是壞了江湖規矩，但人家蕭家都沒有怪罪，自己也就更沒有必要追究了，讓馬蛋和喜鵲繼續留在戲班。

晚上，蕭望德詢問妻子：「妳怎麼想讓那個女乞丐抱咱們的孩子？」

蕭夫人一下子愣住了，半晌之後說：「我也不知道為什麼！」

蕭望德哆嗦了一下，不再講話。

馬蛋加入戲班後，幾場下來把陳三弦班唱火了。

而喜鵲的顏色、身材也惹來了一幫小混混。

一個下雪的夜晚，幾個混混趁著馬蛋上戲未歸，偷偷地摸進了喜鵲的窩棚，便想乘機侮辱喜鵲。

大黑聽到喜鵲的求救聲，立即從門外撲進來撕咬，嚇得幾個混混奪門而逃。

馬蛋回來，喜鵲一把抱住大哭，將剛才發生的事情告訴馬蛋，馬蛋氣憤難當，當下就要找混混們去理論，卻被喜鵲一把拉住。

「他們人多勢眾，我們是鬥不過他們的，即便有陳三弦班主的保護，也是保得了一時保不了一世。我們還是離開這裡吧。」

馬蛋仰天長歎，默默地接受了喜鵲的要求。

第二天，雪停了，喜鵲拉著馬蛋一起踏上了白茫茫的荒原。

76

馬蛋與喜鵲遊走四方，以淒涼哀婉的琴聲博取殘羹剩飯，不斷地詢問孩子下落，大黑忠心耿耿，千里相隨。夫妻兩人雖已淪為乞丐，卻仍見傲骨錚錚，一不下跪、二不磕頭、三不伸手。

無論到了哪裡，破廟殘窯，廊間簷下，每每睡前，喜鵲必要將懷中十枚銀元取出，手撫口含親吻一番，滴淚無數。

葉家村裡，一姓宗人對馬蛋和喜鵲討飯之事成了忌諱，大人絕口不談，凡有孩童提起，定遭訓斥打罵。

葉老七因未能掌握馬蛋和喜鵲之子的生死，惶惶不可終日，他整日求神拜佛以求心理安慰。

費竺濟暗中觀察葉老七，準備坐收漁翁之利。

日久，千人口碑，十縣傳名，馬蛋和喜鵲夫婦漸成關中一景。

五年後——

關中大澇，顆粒無收，餓殍遍野，人人自危，馬蛋和喜鵲一連多日碗中無物。馬蛋命懸一線，喜鵲死去活來，情急之間，兩人都動了銀元的念頭，渴望給對方留下生路，然雙方卻均以銀元即為親子不忍割捨，終於一同倒在街頭。

每逢饑荒，蕭家必開粥場，濟世救人。

為了育德，五歲的蕭天賜亦被牽至市井。

見到馬蛋和喜鵲臥倒地上，蕭天賜取粥親臨身旁，幼兒無力，一碗熱粥撒在了喜鵲胸前，蕭夫人護子心切，一把抱起蕭天賜，檢查是否被燙，同時命令僕人照看馬蛋夫婦，收拾殘局。

僕人解開喜鵲外衣，斷袖、斷玉、十塊銀元露了出來，甚覺詫異，本欲告之夫人，而此時，蕭夫人恰好抱著蕭天賜離開。

＊　＊　＊

又是一年落雪時，馬蛋、喜鵲一路乞討來到渭河邊上一個大鎮。

喜鵲拉著馬蛋走到鎮上一家大宅子門口。

看見門上掛著一對大紅宮燈，男男女女出出進進，笑容滿面，院裡屋內更是歡聲笑語，杯盞叮噹。

憑著多年乞討的經驗，馬蛋、喜鵲知道主人家有喜事，一定會很快送出一些吃的來打發他們，於是便站立在門外。

屋裡，高堂上坐著蕭望德夫婦，蕭夫人身旁，蕭天賜正襟危坐，小小年紀，已經有了少爺模式。原來，這裡是蕭夫人的娘家，蕭望德夫婦是來探親的。

主人為女兒、女婿準備了一桌十分講究的酒菜，親戚們一個個眉開眼笑。

蕭望德叫蕭天賜上前，給外公諸位叩頭，親戚們一個個心滿意足，大把大把地把紅包塞滿了蕭天賜的口袋。席間一片歡樂祥和的氣氛。

馬蛋和喜鵲站在門口的乞丐幫裡，保持以往的矜持，靜靜地等著，並不開口討要。

忽然院子裡一陣慌亂，說是蕭天賜被魚刺卡住了，一連跑出來好幾個人，分別去找郎中。

一個時辰過去了，郎中們紛紛離去，說卡住蕭天賜的魚刺太大，位置又刁，取不出來。

這時，馬蛋走上前，對看門的人說，他有辦法把小少爺喉中的魚刺取出來。

門房急忙奔跑進去報告。

蕭望德聽說是一個叫花子還是個瞎子，半信半疑，可是情急之下又沒有辦法，只好答應讓馬蛋試一試。

馬蛋用從爺爺馬道霖那裡聽來的方法，把大黑倒吊到樹上，用大黑流下的唾液餵小少爺，結果，不到半個時辰的功夫，馬蛋輕而易舉地取出了小少爺喉中的魚刺。

蕭望德大喜，讓下人拿些酒肉來給馬蛋和喜鵲吃。

馬蛋、喜鵲吃完飯，蕭望德讓蕭天賜出來向馬蛋和喜鵲道謝。

馬蛋文質彬彬，連連擺手。

喜鵲卻雙目圓睜，直勾勾地盯住蕭天賜看，遲遲不肯前行，嘴裡低聲喃喃：「孩子，我的孩子！」

77

北伐戰爭開始，陝軍以李虎臣、楊虎城為統帥易幟回應，反動軍閥劉鎮華率十幾萬大軍圍困西安。

為保全民族資本命脈，楊虎城下令，蕭望德等各戶商賈遷出省城。

半月之後，劉鎮華兵犯省城，史稱「二虎守長安」的西安保衛戰打響。

馬蛋、喜鵲、狗，一路走來，竟走到了已被圍困了七個月之久的西安城外。

一位老婦哭訴，其子在城中當兵，被圍已越半載，西安必定斷糧，不知兒子死活。

聲聲憐子之情，令人無不淚下。

已經久無言語的喜鵲突然開口大叫：「我的娃！」

馬蛋凝望城頭戰火良久，對老婦說道：「如蒙信任，馬瞎子願意進城送糧。」

老婦大驚：「槍林彈雨，如何去得？」

馬蛋愴然一笑：「我何所有？誰肯加害？」

老婦知其仁義，拿出十個乾饃，報了兒子姓名。

馬蛋和喜鵲輾轉來到城中，老婦的兒子已經餓死，西安城內早已無米，到了易子而食、折骸而炊的悲慘地步。

面向一群一群的傷兵，馬蛋雙手捧出了那十塊乾饃。一名軍官舉手敬禮：「我替守城將士們謝你！」

當晚，西安城中，琴聲嫋嫋，慈祥如話。瞎子、傻子、狼義送軍糧的故事不脛而走，四處傳揚，竟起到了傳天意、定軍心的作用。

有人轉達了李虎臣的命令：「掰一塊饃給馬蛋他們！」

成群的饑民目不轉睛地盯著來人手中小小的饃塊，馬蛋卻堅辭不受，一句話說得來人淚光閃爍：「與饑民同餓，餓死不吃軍糧！餓死不吃兒糧！」

* * *

又是一日大雪紛飛，劉鎮華四面攻打，志在破城。

一場硬仗下來，敵強我弱，危在旦夕。

騷亂之中，喜鵲平平靜靜地站起來，一把拉起馬蛋，走到城牆上面，在隆隆炮聲之中，兩人席地而坐，拉動琴弓，放聲縱情，唱起了《夫妻討飯》，大黑立於喜鵲一側，如同雕塑，一動不動。

《夫妻討飯》那悲婉哀泠的曲調在風中傳播，守城官兵同聲附唱，一時，熱血沸騰。

遠處，一隊人馬奔馳而來，劉軍開始崩潰，有人大叫：「北伐援軍到了！西安守住了！」

勝利之日，某軍官拿來了李虎臣親筆書寫的一道《關防》：「有馬蛋喜鵲夫婦雖丐而懷大義，凡軍民人等見之必行援助。」

手捧《關防》，軍官卻四處不見馬蛋，反覆查詢得知，已攜傻妻及狼而去。

軍官大淚失聲，下令印刷《關防》，遍城遍省張貼。

78

一個五歲的叫花子毛頭高燒不退，欲生欲死，馬蛋口述方子，喜鵲含淚動了一塊銀元買藥，破廟之中救活了毛頭，毛頭昏迷之際，緊緊抱住喜鵲聲聲喚娘。

這聲娘觸動了喜鵲的思子之情，恍惚間她想起自己的孩子也像毛頭這樣大，毛頭會不會是自己的孩子呢，喜鵲急忙脫下毛頭的鞋，可惜在毛頭的腳上沒有發現那塊胎記。

喜鵲抱著毛頭大哭起來。

毛頭不但伶俐，且甚有孝心，乞討所得先敬馬蛋和喜鵲，一家三人一犬親愛珍惜，苦難之中有了笑聲。

某日，飯館門外地上有一個鐵製的酒瓶子蓋，喜鵲俯身拾起在路邊取石塊砸平，竟與銀元一般大小，喜鵲淚濕衣衫，默默地揣入懷中，她想起了自己的孩子，當她看到懂事的毛頭時，這種思子之痛又得到了緩解。

晚上毛頭熟睡後，喜鵲與馬蛋商定認毛頭做兒子，但仍要繼續尋找自己的孩子，只為看看自己的孩子過得好不好。

黃鬍子一路跟蹤馬蛋夫婦，看到馬蛋夫妻倆對小毛頭親愛有加，便四處打聽小毛頭的來歷，得知小毛頭今年五歲，是一個老乞丐在路邊撿來的，便斷定小毛頭就是馬蛋的兒子，於是立即報告給了葉老七。

葉老七原本就惶惶不可終日，現在得知馬蛋和喜鵲的孩子還活著，心裡更加害怕起來，唯恐孩子將來長大後尋仇，便下令讓黃鬍子幹掉小毛頭，斬草除根，免除後患。

夜晚，風高月黑，一場大火圍了破廟。

實在是意外的很，毛頭的頑皮和大黑的機靈，拯救了全家。

那晚，毛頭把彈弓遺忘在了廟外，鬧著要去取，馬蛋勸其次日再取，毛頭佯裝答應，心裡想著待大人睡著偷溜出去。不想喜鵲早已看穿小毛頭的伎倆，索性一直看著毛頭。

母子鬥法之際外面起火，大黑嗅到異味驚叫起來，邊叫邊抓門，一家人因未睡從而逃出一劫。

火口逃生，喜鵲憤怒了：「身為七叔，血脈相連，為何要苦苦相逼？」

她拉著馬蛋，帶著毛頭徑直向葉家村走去，說是要問個明白，馬蛋稍加思索便隨之上路。

以葉老七為首，葉家村以極大的禮儀迎接了喜鵲與馬蛋。

當眾，喜鵲自子嗣過繼始，連同黃鬍子追殺致使丟了孩子，直至破廟放火一一加以質問。

葉老七滿面忠厚仁愛，口稱諸事不知。

喜鵲跪地懇求葉老七，看在叔侄的情面上放過馬蛋，同時向天立誓：「馬蛋出事，必定同往！」

喜鵲說：「馬蛋一個要飯瞎子無人屑於加害，如有不測，唯七叔一人所為！」

看著從小看大的喜鵲，想起喜鵲藏有暗財，葉老七心有所動，指著喜鵲房屋酒坊等物說：「婚禮之事，七叔對不起你，致妳負氣出走。妳走後，一族上下人人不安，房產酒坊我代為打理，今日歸來完璧奉還！」言語間不時掩面，老淚縱橫。

聽到此處，看著有所悔悟的七叔，喜鵲態度軟化下來，她指著毛頭說：「我與馬蛋所生之子當日丟，失遍尋不見，料已死亡，毛頭乃我們拾來的小叫花子，我們待他似親生兒子，以後他就是你的侄孫子！」說完拉著毛頭讓他認七叔。

葉老七趁此留下喜鵲和馬蛋，以便打聽葉家的暗財。

喜鵲考慮到毛頭就答應下來，一家人留在葉家村開始生活。

79

費笠濟對馬蛋、毛頭的到來感到極大的恐懼，他怕有朝一日自己被趕出葉家，於是開始想辦法迫害馬蛋、毛頭。

葉老七旁敲側擊地向喜鵲打聽暗財之事。

葉老七問得多了，喜鵲也半信半疑起來，尤其是她回想父母臨終前的種種表現，不禁對馬蛋說道：「或許咱爸咱媽真的留下來一筆錢？」

馬蛋平淡地說道：「那又怎樣？」

喜鵲說：「一可以給你治眼，二可以拿來找娃。」

馬蛋沒再說話。

喜鵲帶著大黑，拿著鋤頭，背著人，一連走了幾個隱秘的地方，葉老七緊張而興奮地遠遠跟著。

喜鵲一無所獲，對馬蛋說：「沒有。」

馬蛋說：「沒有就沒有。」

半夜三更，葉老七對妻子說：「喜鵲今天轉了一天，手裡拿著鋤頭。」

妻子驚喜地問：「找到什麼沒有？」

葉老七氣憤地說：「這娃鬼得很，遛了我一圈，沒去真地方。」

一日，毛頭吃完飯後，身體抽噎，上吐下瀉，幸虧馬蛋謹記馬道霖教給他的藥方，救治及時挽救了毛頭的性命。

事情發生後，葉家上下追查投毒者，查來查去沒有結果。

喜鵲開始懷疑是葉老七所為，但葉老七那詛咒發誓、捶胸頓足的態度又打消了她的懷疑，馬蛋對此則表現得平平常常。

這天，喜鵲帶著毛頭去集市採買日常用品，馬蛋推脫身體不舒服，留在家裡。

喜鵲走後，馬蛋來到主堂，當著葉老七和費竺濟的面，從不跪人的馬蛋突然雙膝彎倒，咬破手指滴鮮血於碗中，說道：「毛頭乃拾來的花子，如貓似狗絕非眷屬，各位盡可驗血辨親。馬蛋本外鄉之人，曾蒙收留，感恩戴德，心中從來無恨，更沒冤仇可報，喜鵲現在留在葉家，懇求大家善待喜鵲，收養毛頭！」

說罷，一個響頭，轉身就走。

大黑徘徊片刻跟了馬蛋，葉老七、費竺濟和幾個族人齊刷刷立著，一片寂靜。澧峪嶺是馬家的傷心之地，馬蛋一向回避，為了喜鵲不再有顛沛流離之苦，馬蛋打算回到澧峪嶺，讓喜鵲找不到自己。

喜鵲回來得知馬蛋離開，一言不發，拉著毛頭就走。

葉老七以天色已晚路上不安全為由，死死攔住，說起碼天亮了再走。晚上，葉老七把費竺濟約了出來，套問毛頭中毒的事情，幾場對峙下來，費竺濟雖然沒有承認，但葉老七心裡已有了底，他嚴厲地警告費竺濟：「喜鵲如果有個三長兩短，我讓你死無葬身之地！」

第二天一大早，喜鵲打算帶毛頭離開，葉老七為從喜鵲處套出暗財，命族人嚴守喜鵲，好吃好喝好衣好衫給送來，就是不許喜鵲出去。

喜鵲幾度尋死覓活，均無濟於事。

費竺濟暗中採毛頭之血相驗，居然與馬蛋血型一致。緣此，費竺濟認定毛頭係馬蛋血親，並疑喜鵲帶子回鄉乃為復仇。

夜晚，喜鵲找葉老七談話，言語間表明自己與馬蛋同生共死、永不分開的決心，葉老七一副深深理解喜鵲的表情，但同時又表示不放心喜鵲毛頭孤兒寡母兩人外出，言談間有提及到暗財之事，喜鵲再次表明不知此事，葉老七將信將疑，說讓喜鵲先休息，明天再說。

葉老七回到屋子，仔細考慮一番，覺得留喜鵲住下也不是個辦法，不如放她走，再派人暗中跟蹤，總有一天喜鵲走投無路會動用暗財。

天未明，喜鵲帶著毛頭悄悄離開葉家，葉老七看著喜鵲的背影，命令黃鬍子暗中跟蹤追查暗財。

喜鵲與葉老七的對話讓費竺濟聽到，他明白葉老七已不可能幫自己掃除馬蛋這個障礙。

於是，費竺濟雇傭殺手，打算除掉馬蛋、毛頭。

80

蕭天賜得了傷寒，蕭家遍尋名醫而不治。

一連數日，蕭天賜病情既不好轉亦不惡化，於生死兩界間徘徊，蕭望德萬般無奈，一聲長歎後說道：「既為天賜，生死由天吧！」

於是，一掛馬車攜帶棺木紙錢將蕭天賜送到華山腳下悟塵廟中。

馬蛋為躲避周大全迫害，曉行夜宿，沿街行乞，經一番周折，也來到華山。

一日，大黑突然不安，脫鏈而去，奔至剎外，狂吠不矣，復又拖引馬蛋來到廟門。

馬蛋察覺有異詢問眾人。

答曰：「某公子身患重病，遍訪名醫而不治，拉來廟中等死。」

馬蛋想了想托人傳話：「如果信任，我願意看看。」

車夫認得馬蛋，請了進去。

蕭望德見到馬蛋，心生訝異，歎道：「有緣人呀！」

馬蛋為蕭天賜診脈，知是傷寒，口中出方，命人取來十數味草藥並一袋精鹽，攪拌於一隻佛鼎之內，遂為蕭天賜脫衣做鹽藥浴療，忙碌之間蕭天賜足下胎疤顯露，其狀其色與馬蛋所裸足間胎疤完全相同，站在一旁的悟塵將此景收入眼中，心中對馬蛋和蕭天賜的關係產生懷疑。

悟塵凝視馬蛋足上裸露的胎疤問道：「是否有一個與蕭天賜同齡的孩子自幼丟失？」

馬蛋極為震動，卻佇立不語。

至此，悟塵對馬蛋和蕭天賜的關係一目了然，卻不肯說破。

廟堂內焚香擊鼓，禮佛不矣。

剎室中，蕭家人擔心不已。

馬蛋咬開自己的腕脈，以血拌藥鹽，將蕭天賜埋了進去。

如此連續數日，馬蛋日漸消瘦，而蕭天賜終於有了生機。

一日，蕭天賜數聲咳嗽之後，於鹽藥熱血中掙扎而起。

拉來的棺材在歡聲喜樂之中，被熊熊烈火燒了。

馬瞎子治絕症的名聲不脛而走。

蕭望德帶領蕭天賜赴馬蛋居室謝救命之恩，卻已經不見了馬蛋的人與行囊。

蕭望德急命車夫，山海天涯，找到馬蛋。

山野，車夫代傳蕭望德謝意，堅持請馬蛋回去。

馬蛋一再推辭。

車夫說道：「你與妻子遊走關中，為尋找丟兒討飯五年，渭河兩岸盡人皆知，如今我家公子承蒙你搭救，有什麼忙可以幫上的，敬請開口！」

馬蛋歎道：「十年生死兩茫茫，今天就算是站在當面，恐怕也是子不知父，父不識子啊！多謝蕭老爺關心，馬蛋沒有什麼要勞煩老爺的，孩子還是我們慢慢找吧。」

車夫感慨萬分，又問：「你兒身上，可有什麼記號？」

馬蛋流淚伸出腳去：「與我一樣有塊胎疤！」

車夫俯首一看，大驚失色，而口中卻依然彬彬有禮：「有胎記就好，起碼有個尋找的方向。」

說著拿出一袋錢：「馬兄弟既然不願同我回去，那請你收下這點心意，以備你不時之需。」

馬蛋堅辭不受：「乞討之人，錢財乃身外之物，蕭老爺的心意我馬蛋領了，這些錢還是請你拿回去吧。」

車夫見馬蛋態度堅決，便不再堅持，帶著極大的敬意說道：「既然救了公子的性命，總應該留下一句囑咐！」

馬蛋脫口說道：「時逢亂世，民不聊生，窮則獨善其身，達則兼濟天下。」

語罷，馬蛋拉著大黑轉身上路。

車夫暗中以主僕之禮單膝跪地，目送馬蛋。

古剎中，車夫將實情向蕭望德報告。

蕭望德大淚無言，潑墨錄下馬蛋所述「窮則獨善其身，達則兼濟天下」一聯囑語。

蕭夫人見到面色紅潤的蕭天賜，高興得喜極而泣，當知道是馬蛋救了蕭天賜時，不禁感慨萬分：「馬蛋真乃蕭天賜的貴人，兩次救了天賜的性命！」

說著取出當年蕭天賜頸上的那半塊玉，久久凝望。

蕭天賜房中，蕭望德親筆所書「時逢亂世，民不聊生，窮則獨善其身，達則兼濟天下」幾行大字裱得工整，蕭望德面對蕭天賜出口鄭重：「此乃救命恩人之囑，應該視同父訓，必須日日誦讀。」

蕭天賜垂手肅立，朗朗有聲。

喜鵲為尋找馬蛋，與毛頭穿州過府，沿途打探。

喜鵲依路人所指，兩次渡過渾濁的渭河，乞討之時不言不語不哭不唱，只是雙雙站立在一大一小兩個破碗後面，令路人無不動容，所贈甚豐。

黃鬍子跟蹤喜鵲穿州過府，留意喜鵲舉動。

同時費竺濟手下也跟蹤喜鵲，以便尋找機會除掉毛頭和馬蛋。

澧峪嶺馬家老宅門前，馬蛋觸景生情，憶起舉家被害的往事，忍不住席地而坐，唱出了自己的身世。

周大全聽到之後懷疑他是殺父之人，起了戕害之心，遂取來一個藏了毒藥的包子，以冷言惡語相向扔給了馬蛋。不料，馬蛋從來不吃嗟來之食，竟帶著大黑傲然而去。

82

某孤村，龍王廟前——

毛頭獨自於井邊尋水，費笁濟手下背後一掌，將毛頭擊落井中，幸好此井乾枯多年雜草叢生，毛頭躲過一劫。

小鎮街上，喜鵲與毛頭夜宿某飯鋪門外，費笁濟手下企圖扳倒油缸燒死他們，忙亂中扳倒的卻是一缸醋，放火不成，反被店中夥計當做了賊一路追捕，陰差陽錯使喜鵲毛頭又避過一劫。

黃鬍子警覺到有人要除掉毛頭，他將此事報告給葉老七，葉老七懷疑是費笁濟所謂，他命黃鬍子保護喜鵲一家。

喜鵲與毛頭一路乞討來到某村外夜宿，費笁濟手下悄悄抵近，將喜鵲母子逼到了死角，喜鵲自知死期已至，喊了一聲「馬蛋」後便坦然面對。

已經得手的費笁濟手下卻畫蛇添足，向喜鵲講起受人之託一類的廢話。

黃鬍子正在附近搜索喜鵲母子，喜鵲高喊馬蛋，為其指引了方向，看到有人要殺喜鵲母子，出手援助。

喜鵲母子趁雙方打鬥中逃了出去。

費竺濟手下沒想到殺一個女叫花子和小孩竟然傷到自己，不知喜鵲到底有什麼背景，便將此事彙報給費竺濟。

費竺濟有些心驚膽戰：「什麼時候起，喜鵲竟然有了護衛？」

他仔細將周圍可能保護喜鵲的人過濾了一遍，覺得最有可能的就是葉老七，這麼一來事情就麻煩了，看來一切都得從長計議。

這天，馬蛋和大黑在河邊走著，突遇周大全。

四野寂靜，周大全頓時起了殺心。

大黑挺身而出，捨命相拚。

幾經搏鬥之後，周大全失足落水，大黑身負重傷。

大黑搏鬥周大全時的叫聲喚來了葉家村民。

村民雖與馬蛋大黑隔河相望，未見到泗水而去的周大全，卻深信是葉家人所為。

一中年婦女藉打罵孩子訴說胸中不平：「一個個喪盡天良地欺負好人，心都叫狗吃了，葉家人的心全都叫狗吃了！」

馬蛋抱起大黑，無聲無息地向對岸村民深鞠一躬，便頭也不回地走了。

隔河，有人喊了一嗓：「喜鵲走了，帶著你娃尋你去了！」

馬蛋一步踉蹌，險些跌倒。

馬蛋得知喜鵲再度棄家出走，明白喜鵲對自己不單情投意合，更是肝膽相照，若再加阻擋非但於事無補，反會為喜鵲徒增相思之苦。於是，便將躲避變更為尋找，以期共患難同生死一世相伴。

83

某鎮上，馬蛋走向一個集市，而集市上喜鵲拉著毛頭正在離開。

馬蛋行至鎮上的破廟，欲夜宿，忽聽到有幼兒慘叫。

馬蛋詢問，有人答曰：「折斷小孩手腳博人憐憫，此術名叫『苦討』，自古便有，已流傳百代，無甚稀罕。」

馬蛋怒不可遏，起身阻止，爭搶間馬蛋誤傷了叫花子。

見此情況，叫花子的同夥扶著他逃跑了，小孩和他的兩個夥伴也跑了。

這件事傳到關中丐幫幫主藍山虎耳中，激得他拍案大怒：「一個瞎子也管到我頭上來了！」

從此，關中叫花子們對馬蛋見一次打一次。而事後，藍山虎卻一舉廢了「苦討」。

街上，馬蛋行乞途中，叫花子群起而攻，一通暴打。

大黑為了保護拚命撕咬，馬蛋被打倒在地，叫花子丟下馬蛋跑了。

喜鵲和毛頭一路來到甜水鎮，打算在這裡歇腳。

甜水鎮暴發鼠疫，死人無數，喜鵲率毛頭匆促逃離。途中，遇一男兒病亡，其母正值痛哭之間，鼠毒發作斃命，其狀慘不忍睹。

喜鵲痛心疾首，取出懷中九塊銀元反覆掂量撫摸，最終牙關一咬，告訴毛頭自己有事回去，囑咐毛頭或前行或等待。

毛頭不從，堅持生死相隨。

喜鵲將毛頭拖至山林，綁在了樹上，在毛頭的拚命掙扎和泣血呼喚中，義無反顧而去。

喜鵲到了小鎮藥鋪，憑著記憶，寫出馬道霖的一道秘方，與坐堂郎中核對。確認有效之後，衣衫襤褸的喜鵲卻取出了九塊銀元和半截玉佩。

藥鋪掌櫃被感動得唏噓不夨，門外路人哭聲哽咽。

掌櫃收了銀元，一眼看出斷玉乃紀念之物，堅辭不收，自掏腰包補了一元入藥，並恭請喜鵲為此藥命名。

喜鵲稍加思索，說道：「人苦，藥苦，情苦，就叫『苦情膽』吧！」

掌櫃含淚高呼：「惡鼠瘟禍甜水鎮，女丐義捨苦情膽！」聲起處，門外跪倒一片。

喜鵲撒錢救鎮，名聲鵲起，不但百姓傳頌，就連書鼓藝人也以她編了新詞。

84

關中民約——

打叫花子天理不容，周大全雖然萬惡，但肩上的保安司大小是個官銜。時下，馬蛋馬瞎子又在盛名之中，親自動手雖直截了當，但恐犯下眾怒，壞了前程，便想到了找人代刀。

周大全久聞丐幫幫主藍山虎臭名昭著，五百里出了名的壞蛋，見錢眼開，無惡不作，又聽到馬蛋日前得罪了丐幫，便找到了他。

藍山虎二話不說，收下了周大全買喜鵲、馬蛋、毛頭三條人命的錢，一轉臉，卻交代手下按兵不動。

此時，藍山虎卻不幸染上了虎列拉病，眼看就不行了，丐幫放言：「誰治好藍山虎的病，誰就是新的幫主。」

馬蛋聽說此事，不記前嫌，來到丐幫，表明自己願意一試。

馬蛋用祖傳秘方給藍山虎治好了病，藍山虎感激馬蛋救命之恩，要兌現諾言，請馬蛋做丐幫幫主。

馬蛋堅決不受，感動了藍山虎。

藍山虎讓手下們點亮火把，端起大碗，添滿酒，宣稱馬蛋是丐幫的無冕之王，誰欺負馬蛋就是欺負幫主。

事後，馬蛋牽著傷痕遍體的大黑瀟灑離去。

藍山虎傳出「花子令」——開天闢地五千年，討飯的裡面出義人，馬蛋和喜鵲不能殺，遇見毛頭當爹媽！

破廟裡面，上百名叫花子群情激蕩，一齊跺腳高呼領命。

周大全責問藍山虎，收了人頭費為何不動手。

藍山虎以不見蹤影推脫。

雙方爭執下持刀相向，幾乎開戰。

此時，馬蛋與大黑卻來到了焦土間已生出草木的葦子坑，不言不語，久久佇立。

遠方，夕陽沉沒處，群狼嗥叫，聲聲起伏。

已經十分衰老的大黑躍起前爪，伏在馬蛋肩頭，輕吠良久，落淚無數，復而圍其身繞行數度，終於轉身而去，消失在茫茫夜色之中。

85

省城蕭家——

蕭天賜年滿七歲，衣穿洋服，進了學校，車夫被免去雜務，專司接送護衛。

某日，蕭家街口叫賣糖人的聲音響起，蕭天賜難耐誘惑，掙脫車夫奔向攤位。

一土匪恰巧被軍警追捕逃竄至此，竟欲劫持蕭天賜當作人質。

驚險下，車夫凌空躍起，居高臨下，一槍打得土匪腦漿迸裂，亡命於蕭天賜腳邊。

攤前成群少年嚇得一片哭嚎，唯蕭天賜一人如無事一般，從容不迫地跨越匪徒屍體取了一枝糖人而去。

台階上，早已驚呆的蕭夫人流露出欣慰與敬佩。

86

路人傳頌著「女丐救鎮」的故事，馬蛋知道是喜鵲所為，上前打聽喜鵲去向，一路追趕。

費竺濟所雇用的殺手跟蹤喜鵲毛頭至人煙稀少處，殺手看見喜鵲身邊僅有一小孩，動手之前先行調戲喜鵲。喜鵲奮力掙扎，毛頭手撕牙咬奮力相援，掙扎中喜鵲為保貞操跳下山崖，毛頭情急之中，撿起一塊石頭狠狠地砸向殺手的後腦，殺手被擊倒地。

毛頭救母心切，捨身一縱順著斜坡溜了下去。

山崖下面，積雪坡上，喜鵲與毛頭的身體遙遙相望，年邁不堪的大黑守護在喜鵲與毛頭之間，大黑的身旁雄赳赳站立著一隻狼，體型相貌與大黑極酷似。

雪坡上，毛頭醒了，爬至喜鵲身旁，聲聲呼喚許久。

喜鵲漸漸睜開雙眼。

大黑極深情地跑入喜鵲的懷抱裡，一聲虛弱的吠叫之後，死了。

酷似大黑的狼一聲嚎叫，衛士一般佇立在喜鵲身邊。

*　*　*

葉家村上，十里晴空。

費竺濟在街上行走。

突然之間，天降霹靂，費竺濟一聲未出即化為焦炭。

費竺濟被天譴了，費妻並費子益被掃地出門。

葉老七霸佔了喜鵲家全部家產，並對葉家進行了人事大改動，讓其子開始接管葉家酒坊。

* * *

馬蛋尋蹤至山崖邊，有目擊者陳述母子跳崖之事，指點方位，講解過程，言之鑿鑿，聲淚俱下。

馬蛋聞言萬念俱灰，痛不欲生，幾欲追隨其後，均被人緊緊拉住，勸慰馬蛋：「人死不能復生，喜鵲生前一直想要找到兒子，如今只有你能幫她還願了。」

馬蛋捶胸頓足，大叫：「今日吾不去，他日找到吾兒定與喜鵲、毛頭團聚！」

喜鵲落崖之處，在長者並眾人幫助之下，馬蛋立了一座空塚。

第二天馬蛋離開斷崖，向西離去。

* * *

山崖下，一戶獵人行至此處，救了喜鵲，狼不棄不離，遙相守望，喜鵲每喚大黑必至身旁。

獵戶感歎：「人狼相近如此，實在亙古未聞。」

密林深處，千恩萬謝之後，傷癒的喜鵲、毛頭辭離了獵戶。

山崖邊緣，一座新墳赫然入目，石碑刻有「妻喜鵲、子毛頭」兩行字跡，喜鵲撲身上前，擁抱石碑長哭不已，發誓走斷雙腿也要找到馬蛋。

路人中有知情者勸慰：「山川之廣，何方相覓？立碑人既然如此情濃，轉年必來祭掃，不妨守株待兔。」

喜鵲便於墳旁碑側搭建窩棚，攜毛頭定居了下來，那狼則繼承了大黑責任，不分晝夜，守護左右，除非喜鵲毛頭應允，無人敢近。

周大全也聽到了喜鵲母子跳崖不死的傳聞，帶了兵丁前往剿殺，「大黑」孤身救主，以死相拚。

知道了喜鵲跟毛頭遭遇的藍山虎，打算接應他們到丐幫供養，此時恰好趕到。危急中雙方大戰一場，周大全負傷逃走，毛頭卻命斷黃泉。

大哭之後，喜鵲挖開空墳葬了毛頭，又一場大哭之後，竟以頭撞向石碑。

藍山虎一把拉住喜鵲。而喜鵲頭觸染血之處，那石碑竟斷成兩截。

藍山虎再三促請喜鵲隨其前往丐幫，喜鵲緊抱斷碑，堅辭不從。

無奈，藍山虎只好留下兩名花子守護。

而喜鵲卻從此顯出了呆癡之態。

同時，藍山虎派人打聽馬蛋的下落。

十冬臘月，地凍天寒，山崖邊上，路人稀少，乞討日趨艱難，兩名叫花子苦苦勸告喜鵲，自古乞丐奔人煙，動員喜鵲移往村鎮。

喜鵲置之不理。

無可奈何之後，花子各自背來一捆柴草，扔下喜鵲，逃命去了。

喜鵲終於絕了糧，瀕死之際，「大黑」銜來凍鳥。

丐幫終於發現馬蛋的行蹤，藍山虎命手下將馬蛋帶到喜鵲處。

已經無法遮擋風雪的窩棚裡面，喜鵲的眼淚不斷地在臉上奔流，她一言不發，無聲無息地捶打著馬蛋，直到精疲力竭。

馬蛋默默地抱著喜鵲，一聲不發。

近似癡呆的喜鵲時不時地悲吼一聲：「我的娃！」

「大黑」默默地伏上馬蛋的後肩，伸出舌頭，一下一下舔淨馬蛋身上的雪痕。

夜晚，窩棚中的篝火透過柴門映照著墳前的斷碑，馬蛋懷抱喜鵲，弓弦起動處，琴聲斷人腸。

回憶起自己這段時間的經歷，馬蛋覺得自己像是死了一場，現在喜鵲又變得有點癡呆，未來到底何去何從，心裡一時沒了主意，考慮再三，決定還是回故里，說不定他們的孩子就在故鄉。

隔日，馬蛋帶著癡呆的喜鵲向南走去

87

八年後——

一天晚上，馬蛋和喜鵲來到土地廟歇息，走進廟裡，遇見了三個十歲左右的小乞丐。三個小花子是結拜兄弟，其中一個叫大瓦刀的孩子高燒昏迷，乾澀無汗，生命垂危，他們一見來了兩個大人，便跪下求這兩個大人救救大瓦刀的命。

馬蛋摸了摸大瓦刀的額頭，又切了切孩子的脈，判斷這孩子恐怕要出天花了。此時正是出天花的時節，要真的出了天花，這小命就懸了。

馬蛋讓另外兩上孩子出去採來草藥，用香爐熬了藥，又用香菜在孩子前心後背反反覆覆地推擦，救活了大瓦刀。

三個小夥伴決定以後要跟馬蛋和喜鵲一起乞討，以報馬蛋的救命之恩。

他們一路乞討，一路尋找馬蛋的孩子。

在相處中，三個小花子和大黑經常打鬧在一起。

葉老七的兒子，自從接收了葉家酒坊就迷上了賭博，酒坊在他的經營下，生意每況愈下，葉家慢慢變得外強中乾。

人心有向背，族中其他人因為喜鵲和馬蛋的事對葉老七多有指責，村人表面上待之冷淡，在背後裡更是指桑罵槐。

這天三個小花子帶回來一籠白饃孝敬馬蛋和喜鵲。

馬蛋問他們哪來的白饃？

大瓦刀說，他們聽葉家村的小孩兒告訴他們，一個叫葉老七的人搶佔了喜鵲的家產，把馬蛋和喜鵲趕跑了，所以他們半夜摸進葉老七家，偷了他家的饃籠子。

馬蛋聽了大怒，怒斥他們寧可餓死，也不能偷人家東西。

雖遭馬蛋怒斥，但並未打消三個小花子為馬蛋報仇的決心。

晚上趁馬蛋和喜鵲睡著之際，三個小花子悄然出走，直撲葉家村而去。

三個小花子來到葉家門前，騎到了牆頭，雖然三人義憤填膺一鼓作氣地來了，但陣前卻為如何對付葉老七犯了愁。

猶豫間，葉老七至牆下茅房大解，整個後腦勺正對著牆上的三個小花子，三個小花子商量過後，大瓦刀拿出了彈弓，葉老七無聲無息地倒下了，三個小花子縱身躍下，如台上戲子一樣，對著被彈弓打暈的葉老七念念有詞：「一生陰險，謀財害命，喪盡天良，本該殺你，親娘不准，今奉關老爺旨意給你留一記號！」

說著拿起木刀，一把捅向葉老七那裸露的屁股。

葉老七一陣慘叫聲如鬼嚎，家人驚愕，迅速奔來。

三個小花子不慌不忙地鑽進了牆角柴草之中。

葉老七在家人的哭天搶地之中被抬著架著去找郎中，村民們指指點點，說這是報應，三個小花子從容不迫溜之大吉。

回到小廟時已過半夜，三個小花子告訴馬蛋說，他們給馬蛋和喜鵲把仇報了！

馬蛋聽完大吃一驚，說他們這是犯法的，是要抵命的。

第二天，馬蛋讓孩子在家，自己上街乞討去聽風聲，聽說官府正在到處抓人，便急忙趕回家，讓三個孩子連夜離開他。

三個小花子讓馬蛋放心，說他們都是蒙了臉的，沒人會認出他們的。

馬蛋說那也不行，因為他和喜鵲與葉老七的仇怨太深，很容易讓人聯想到這事是他們幹的，會傷及到孩子。

三個孩子覺得連累了馬蛋和喜鵲，萬分難受，更捨不得離開這個救命恩人。

經馬蛋一再勸說，他們只好離開。

葉老七自從被傷之後，終日臥床不起，二便橫流，臭不可聞，舉家嫌棄。日久，老婆竟偷了漢子。起初，苟合之人尚有所顧忌，暗進暗出，避諱鄰里；稍漸，居然登堂入室公開牽手，端端正正地給了葉老七一頂綠帽。

除一碗冷飯之外，葉老七從此再無溫暖，終日以淚洗面。

馬蛋為了和孩子背道而馳，帶著喜鵲、大黑，沿著大路向東走去。

蕭瑟的秋風，吹動了馬蛋思鄉的情懷，馬蛋突然想起了師傅、想起了葦子坑、想起了爸爸、想起了爺爺。他決定回去看看葦子坑，去給爺爺和爸爸，去給沒見過面的媽媽上個墳，上柱香。

三個小花子離開馬蛋和喜鵲後一路西行，走了幾天覺得少了什麼，不願再走了，他們決定回去找馬蛋。

一個冬天來臨的下午，大瓦刀出現在蕭家集的街道上。

他先回村來打探消息，當確定沒有人因為葉老七的事找他們的麻煩，他們一顆懸著的心放了下來。

放鬆之後他們開始打探馬蛋的消息，三個人一致決定就算找到天涯海角，也要找到馬蛋。

88

為保蕭天賜安全之萬無一失，更為了馬蛋「兼濟天下」的囑咐，蕭望德與夫人再三商議後，決定由車夫隨侍，將蕭天賜遠送廣州求學。

新風之地，氣象萬千，少年的蕭天賜受到了時代薰陶，開始接受三民主義。

馬蛋帶著喜鵲來到葦子坑，睹物思人，大淚長流。跪了墳、上完香後，又踏上了尋子的道路。

這一年春天，久旱無雨，清明已過，仍是赤地千里，大路上龜裂幾寸寬的縫子順路延伸，每一條裂紋十幾丈長。

直到芒種都滴雨未落，饑民像蝗蟲一樣，見綠就撲，嚼草根、啃樹皮，大小樹木被採光了葉、拔光了芽，豬狗六畜成了碗中餐，連麻雀也不見了一個。

眼見著一片片莊稼焉落焦枯，旱情越來越重，農人們無可奈何只好向老天祈求。村民們為了祈雨，上華山廟裡撞鐘，在華山廟裡前築起了「祈雨台」，祈求蒼天降下甘霖，得到好收成。

祈雨的人們先是圍壇祈雨，然後又進行了曬羅漢、請龍王等數種祈雨方式，老天爺仍不下雨，按先人留下的規矩和民俗，要進行百家飯祈雨。

百家飯必須由一名有名望的乞丐到每家去討米、討麵，然後做上一大鍋飯，稱之「百家飯」。

正在眾人為百家飯人選爭論時，有人提議讓馬蛋來做，大家一致贊同，並推舉丐幫幫主藍天虎去請馬蛋。

這天，藍天虎帶著一位長者見到馬蛋，說明來意，馬蛋推辭。

長者開言：「大丈夫為一件大事而來，做一件大事而去。時下，正值關中大旱，千里赤地，百年不遇，壯士可否代表萬民紮上馬角帶印祈雨？」

馬蛋愣了一下，詫異地問道：「帶印之人非萬眾景仰不足以感天動地，馬蛋一名盲丐，可有此資格？」

長者道：「人識涇渭，天辨善惡，你雖為丐，義薄雲天，百里秦川，捨你其誰？若肯粜角乞來祥雨，日後願生，民眾自會養你，如執意願死，老夫將親手為你捉棺！」

馬蛋沉思良久，向天長嘯。

馬蛋為乞天雨討「百家飯」，每討到一家，人們都向敬神一樣，恭恭敬敬的敬上一碗米或麵，並由一名孩子跟在馬蛋後面，去往百家飯的灶裡添柴、加火。

百家飯祈雨後仍未下雨，按祖上的規矩只能進行粜馬角，粜馬角是關中道上一種特殊的祈雨模式，已有上百年歷史。

龍王廟前，祈雨台下，萬民跪地，長者撞鐘。人們按照粜馬角的習俗，把馬蛋打扮得奇異、彪猛、兇悍，威風凜凜地騎在一匹棗紅馬上，還給馬蛋臉上抹幾道紅，黃色頭巾直披到肩下，項圈狀的帽子上鑲嵌著銀色圖案，正中一個紅色絨球高聳，左邊彩紙製的扇形飾物顫動，紅色的上身交叉披著幾匹紅綾。

粜馬角的吶喊和急促的鑼鼓聲，在一種異常激烈的氣氛中驟然停止。

馬蛋想起自幼的經歷，痛苦不堪，隨著祈雨的人們盡情發洩心中的塊壘。

馬蛋接過神釺，昂起頭，面朝藍天，張開嘴，把筷子粗的神釺猛地一下向自己的臉頰戳去。

帶血的神釺，從另一面刺出，馬蛋兩頰釺尖閃閃，兩面嘴角紅綾飄拂，釺柄外露，獠牙一般，在台上手舞足蹈。

一瞬間，馬蛋背負著百姓一年的期望，馬蛋由一個叫花子變成了驚天地泣鬼神的馬角。

馬蛋右手拿一根長鞭，在空中揮舞，左手持繫著響鈴的三股鋼叉，不停地上下抖動，裹在叉上的紅綾飄拂，鈴聲嘩嘩，如同躍馬陣中，沙場搏擊一樣。

馬蛋騎在馬上，邊跑邊舞，抽打著邪惡和晦氣。不時有人被抽在身上，誇張一叫，急急逃去，卻並無怨言。

傳說馬角的鞭子抽在身上能驅趕晦氣，被抽中的人應該感激。

很多人故意挑逗馬角，目的是為了挨幾鞭子討個吉利。

馬蛋雖然看不見，但似乎聽到一個熟悉的聲音，這個聲音就是在村子裡威脅他的聲音，就是那個弄瞎了他雙眼的聲音。

馬蛋舉起長鞭，朝那個聲音一鞭鞭地狠狠地抽去，像是在復仇，又像是在示威。

旁邊的鑼鼓急促地響起來，那一刻，馬蛋成了拯救萬民的英雄，不停揮舞長鞭，對著空曠的藍天和炫目的太陽抽動，萬里晴空，突然一聲霹靂。

當晚，馬蛋和喜鵲走了。

馬蛋走後，天降大雨。

異鄉，馬蛋兩腮疤痕顯赫，席地而坐，喜鵲在一旁呆坐，馬蛋弓弦再三拉動，琴卻一聲不響，馬蛋一臉愕然。

又見大雪紛飛，馬蛋和喜鵲步履艱難，卻又堅定不移，邁動雙足向前走去。

89

西安事變，國共合作，抗日之聲傳遍大街小巷。西安城裡，一輛轎車駛來，喜鵲急忙拉馬蛋避讓，不慎跌倒。

轎車停下，中年乘客與司機、警衛匆忙下車，一邊攙扶，一邊連聲道歉。

馬蛋和喜鵲誠惶誠恐。

中年乘客說：「國民黨服務國民，不必以官老爺看待！」

馬蛋肅然起敬，取出鋼筆，雙手捧上。

中年乘車驚問：「此物何來？」

馬蛋照實作答。

中年乘客撫筆哽噎：「石泉清同志為我黨前輩，革命精英……」

春節將近，蕭天賜回家省親，鄉下蕭府張燈結綵。

一日，蕭天賜稟承師訓，為做鄉事調查四出行走，途經縣城，與周大全一夥相遇。

周大全欺男霸女，打罵無辜，蕭天賜挺身而出，正言相斥。

周大全聞一少年竟敢與己作對，一聲冷笑舉掌便打，車夫抬腳將其踢翻在地，眾隨從一擁而上，被車夫一一擊倒。周大全幾度掙扎欲起，卻被車夫以腳踏住，不得動彈。

蕭天賜詢問：「暴虐如此，究竟何人？」

車夫歷數了周家兩代的滔天罪惡，蕭天賜義憤填膺，竟伸出手來向車夫索槍。

車夫不假思索推彈上膛雙手呈上，眾目睽睽之下，蕭天賜出口如山崩：「清潔鄉里，為民除害！」

車夫後退數步，周大全起身欲逃，蕭天賜一聲槍響，周大全倒地斃命。

一片沉寂之後，萬眾歡騰，山呼海嘯。

*　*　*

街頭上，一位知識女性登高講解，號召路人為國捐資。

馬蛋駐足傾聽，感覺台上女子聲音語態竟與當年石泉清酷似，不禁擊節叫好，並當街長跪，乞錢助軍，狼亦望天而嘯，聲聲不矣。

馬蛋和喜鵲討飯，一向不跪地、不要錢，婦孺皆知，聞名全省，今日為抗日救國，竟一反常態，向錢而跪，令人無不動容，紛紛解囊相向。

馬蛋將所討錢幣悉數投入捐箱，知識女性大淚滂沱，高喊：「丐狼護土，中華不亡！」

身為學兵隊長的蕭天賜途經此處，目睹一切，帶淚而去。

軍校裡，學兵們持槍列隊，蕭天賜陣前領導宣誓：「滅倭敵，衛河山，血灑疆場！」

＊　＊　＊

馬蛋和喜鵲白天乞討兼打聽孩子的消息，晚上住在破廟裡。

這幾日，喜鵲身體異樣，馬蛋診斷之後，知是患了瘧疾，需服幾帖藥，苦於無錢買藥，馬蛋決定帶著喜鵲、大黑去深山採藥。

山中，喜鵲崴腳傷足，難以行走，天空烏雲密佈，眼看風雨欲來，再不找個地方避雨，喜鵲的病就會雪上加霜。

可這裡前不著村後不著店的到哪裡去呢？正在危難之際，秦春香路過此地，問明情況，說道：「我家就在附近，你們隨我去吧。」

馬蛋訝異，他剛才前前後後看了幾遍也沒找到個地場。

秦春香見馬蛋表情驚訝，笑而不答，扶起喜鵲領著便上路了。

不一會，他們來到一片果林面前，秦春香引領馬蛋一行穿過果林，到了一個只有七八戶人家的小村。秦春香自我介紹：「我名叫秦春香，喪夫多年，和一個傻兒子相依為命。」

秦春香告訴馬蛋，小村無醫，含秦春香與傻兒子在內，大脖子病患者比比皆是，因為見到馬蛋為喜鵲治病有術，便有意請了過來，一則供喜鵲休養，二來為鄉親討藥。

馬蛋診斷眾人之後，囑人外出購碘，頓時生效。

秦春香率先痊癒，感激不矣，時常幫助馬蛋配藥，端湯奉水，彼此談笑風生，一團和氣。

喪夫多年的秦春香見到馬蛋的人品德行，漸有愛慕，某天夜晚，對鏡貼花，自理雲鬢，一個藉口竟搬進了馬蛋所居房屋，睡倒在喜鵲身旁。

一床三人，喜鵲居中裝睡，秦春香蠢蠢欲動，馬蛋卻氣守丹田，石人一般。

次晚，秦春香又至，躺倒在馬蛋一側，馬蛋依然紋絲不動，秦春香屢屢扳其身軀，刻意相向。

馬蛋翻身而起，正言讀過子曰詩云，知道禮義廉恥。

秦春香指著身旁喜鵲說道：「此人已傻，難為婦道。」

馬蛋講述彼此故事，誓言一生相伴不離不棄。

黑暗處，喜鵲沉默不語，任憑淚水悄悄過腮。

秦春香感動與惆悵兼備，掩面抽泣而去。

喜鵲暗中窺視一切，卻轉身呼呼大睡。

又至一夜，秦春香再來，恭恭敬敬立於喜鵲身前，鄭重說道：「自願為妾做小，尊喜鵲為大，奉養終身，盼馬蛋留住於此永不再受顛沛流離之苦。」

喜鵲面無表情，仰面向天，如同熟睡。

馬蛋心雖感動，卻搖頭不允：「一則自古未聞乞丐有妾，二則喜鵲之外難容他人。」

秦春香知道其心已堅，熱淚長流之後，為馬蛋和喜鵲縫衣做鞋。

天明，馬蛋辭行，秦春香強索一吻，馬蛋張開雙臂以兄妹之禮抱了秦春香，見此情景，喜鵲卻潸然淚下，馬蛋與秦春香不解地看著喜鵲。

90

五年後，蕭天賜自軍校畢業。

蕭天賜為報效故里，回到家鄉，成為國民革命軍中一名軍官。

某日，蕭天賜一身戎裝，英姿颯爽地回到家中。

蕭望德妻讚歎不矣，蕭望德卻把蕭天賜叫到一旁叮囑：「戰亂之中如相遇討飯瞎子，務必加以保全！」

蕭天賜以為父親是愛屋及烏，讓他永記討飯瞎子馬蛋以自己鮮血救自己之事，便鄭重地點頭答應了。

某日，蕭天賜外出公幹，恰好碰到馬蛋和喜鵲。

蕭天賜猶豫了片刻，取出銀元十塊，禮貌地送給馬蛋夫婦。

馬蛋禮貌地把銀元退還給蕭天賜，說道：「饑餓時有一碗剩飯足以。」

蕭天賜驟然升起敬意，強拉馬蛋夫婦走進了路邊的一個小店。

喜鵲看著桌上熱騰騰的麵條，臉上升起感激之情。

蕭天賜不經意間提起小時被討飯瞎子所救之事。

馬蛋不禁全身一震，脫口詢問蕭天賜的生辰年月。

蕭天賜回答之後，馬蛋又是一震，忍不住伸出雙手，撫摸蕭天賜，蕭天賜不知所以，但出於對馬蛋的禮貌，垂手肅立任其所為。

喜鵲在一旁看到此景若有所思。

某夜，暴風驟雨，馬蛋一家避居於斷牆破簷之下，風聲雨聲之中，馬蛋響起琴聲，雷鳴電閃，四野無人，一片淒涼。

突然，大黑明顯不安，叼住馬蛋向外拖去。

馬蛋知道有異，急忙扔了胡琴，去抱牆角的喜鵲。

簷落牆坍，馬蛋救了喜鵲，斷了胳膊。

斷臂之後，馬蛋和喜鵲依舊行走四方乞討度日，只是更加艱難。

某日，又至華山，聽到剎中鐘聲滾滾，喜鵲突然坐地不行，號淘哭泣，連聲大叫：「我的娃！」

馬蛋見狀仰天長歎，自己一生歷盡風霜，飽受人間滄桑之苦，終究以後是怎麼個歸宿呢？

馬蛋決定找悟塵禪師指點迷津。

主持悟塵在廟側為馬蛋和喜鵲搭了個窩棚，讓他們住下。

白天馬蛋和悟塵談經論道，探討人生。

第三天馬蛋和喜鵲下山。臨行前，馬蛋把師傅留下的胡琴寄存在悟塵處。

91

黃河南岸，蕭天賜一馬當先，率兵挺進抗日戰場。

江湖傳言，藍山虎聚集乞丐建「花子軍」出陝抗日的消息。

一介無賴，竟可以報國，流言起處，群情激蕩。

抗日有功，蕭天賜升為團長，藍山虎來到蕭天賜軍中，講述「花子軍」因缺少彈藥，與血肉抗擊鋼鐵的悲壯故事。蕭天賜下令將一個連的裝備送給了藍山虎。

八年苦戰，抗戰勝利。

「花子軍」成為傳說。

馬蛋和喜鵲變作老人。

澧峪嶺改鎮為縣。

葉家村似有敗落。

葦子坑遷來新民。

面對那些從站場中下來的被稱為英雄的傷兵，馬蛋在自己的心中默默地念叨著，不知道自己的兒子是否在他們中間，或者已經在這場浩劫中死亡，亦或，浩劫之前已不在人間。

92

共黨挑起事端，國共戰事再起，黎民百姓塗炭，蕭天賜當了軍長。

一九四七年春天，胡宗南任陝甘剿共總司令，攻佔延安。

蕭天賜因為深得胡宗南賞識，跟著胡宗南的部隊一路開進。

＊　＊　＊

蕭望德大擺酒席為兒子接風。

接風宴上，蕭望德的管家驕傲地向客人們介紹了蕭天賜軍官學校畢業後，一路升到軍長，並受到蔣委員長召見的驕人經歷，正說著，蕭望德和蕭天賜出來與大家見面。

在座的客人們對八面威風的蕭天賜表現出不同的態度，有的人上前巴結，說盡好話；有的人顯出冷淡，不以為然；還有的人居然拂袖而去。

蕭望德把一切看在眼中，卻裝作什麼也看不出來，一視同仁地向客人們敬酒。

晚上，蕭望德夫人很不高興地說道：「有些人也太不知道尊敬了，咱們家天賜可是一個軍長呀！」

蕭望德冷冷地說道：「抗日的時候，他的官比現在小多了，可是，那時候有多少人尊敬他！」

蕭望德夫人說：「那現在就怎麼不值得尊敬了？」

蕭望德說：「打內戰的將軍很值得尊敬嗎？」

蕭望德夫人楞了一下，沒有在講話。

蕭天賜走了，坐著汽車，帶著衛士，威風凜凜地走了。

蕭望德夫人站在門口，一直目送到蕭天賜的汽車遠去，蕭望德卻沒有出來。

*　*　*

蕭望德家裡，收音機裡播送著國民黨中央社的消息：「胡宗南向延安的進攻進展順利……」

蕭望德坐在椅子上，一動不動。

蕭夫人進來給蕭望德送來一盤點心，蕭望德都沒有發現。

蕭夫人問道：「你在想什麼？」

蕭望德沉思著說：「把蕭天賜叫回來，跟我學做生意算了。」

蕭望德妻驚異地說：「咱們家天賜將軍當得好好的，跟你做什麼生意？」

內戰全面爆發後，戰爭並沒有向著有利於國民黨的方向發展，戰爭失利的消息並沒有讓蕭望德震驚。

但讓他招架不住的是內戰開始以來，他不斷地受到胡宗南的勒索，他的錢莊更成了胡宗南的軍需庫，各個方面一次次地伸手要錢，甚至各兵團司令也直接來要錢，一年多已把他挖得左支右絀，招架不住。

蕭望德告訴管家：「以後誰要錢都不給，胡宗南這個無底洞不設法堵住，蕭家遲早會完蛋的！」

管家為難地說：「您也許擋著住，我擋不住。」

蕭望德說：「我也擋不住。」

管家出主意：「少爺是個將軍，他還護不住咱這個家了？」

蕭望德長歎一聲：「護家？毀家有他的份！」

戰火紛飛之際，蕭望德關閉了西安的一些生意，將大量的資產暗中轉移，還遣散了一些下人，做出了一副破產的狀態。

某晚，一位神秘的人物走進了蕭望德的家。

蕭望德從容不迫地說：「先生如果要是劫財，也就是牆上的幾幅字畫了。先生如果要是劫色，家中已無青春貌美之人。」

來人禮貌地說道：「我是蕭天賜的同學，名叫岳陽，中國共產黨黨員。」

蕭望德大吃一驚。

岳陽禮貌地說道：「冒昧前來，是因為久仰蕭先生是個有見識的商人，僅僅是想和先生探討一下國家民族的未來。」

蕭望德急忙摒退了左右，鄭重地請岳陽坐了下來。

岳陽給蕭望德分析了國共兩黨的戰局，特別是蕭天賜的處境，說蕭天賜是一條繩子，一頭拴在胡宗南的戰車上，一頭拴在蕭望德身上，而胡宗南這輛戰車現在卻跑地飛快，眼看就要傾覆了，到時首先被拖垮的就是蕭家。

蕭望德不服氣地說：「為國為民，垮一個蕭家沒有什麼！抗日的時候，蕭家就做了垮的準備。」

岳陽說道：「那時候的蕭家萬民敬仰，所敬仰的就是蕭家為國為民。」

蕭望德說：「莫非現在就不是了嗎？政府有言，戡亂救國，人人有責。」

* * *

蕭望德風塵僕僕地坐著汽車來到蕭天賜的軍營。

見到蕭望德，蕭天賜驚奇地問：「您怎麼到軍營來了？我們這忙著要打仗呀！」

蕭望德說：「我就是想問問你打仗的事。」

蕭天賜聞言一愣。

晚飯時，蕭望德父子倆誰也沒有說話。

飯後，蕭望德把岳陽留下的信交給了蕭天賜。

蕭天賜看到信的署名，大吃一驚，壓低聲音向蕭望德問道：「這是怎麼回事？」

蕭望德說道：「你的同學到家裡來了。」

蕭天賜埋怨：「戰事將起，即便同學也會反目成仇，你見他幹什麼？」

蕭望德想了一下，說道：「我明天就走，但是時局動盪，你得親自送我。」

蕭天賜想都沒想就答應了。

次日天明，蕭天賜陪同蕭望德坐在吉普車上，帶著一車警衛上路。

中途，蕭望德提出：「你要陪我去一下華山廟裡。」

蕭天賜無可奈何地答應了。

華山廟裡中，蕭望德一臉鄭重地說道：「你應該記得這是你的再生之地，今天我帶你來是有話要說。」

蕭天賜心煩意亂：「戰事將起，軍人以報國為上，家裡的事情以後回去再說。」

蕭望德說道：「我今天要跟你說的就是家國之事。你聽也得聽，不聽也得聽。」

蕭天賜無奈，蕭望德先請出了悟塵，然後對蕭天賜說道：「好男兒立於世，所求如何？」

蕭天賜答道：「忠孝二字，但從小受父親教誨，所追求的是大忠大孝，我身為國家棟樑，追隨領袖才是正統。」

悟塵順著蕭天賜的話說道：「小施主所言正統，就是佛語所言的正果，但以老衲看來，小施主離正果尚遠！」

蕭天賜問道：「願聞其詳。」

悟塵合十唱佛後說道：「因為小施主並未向正果而行啊！老衲出家數十載本不該言俗事，但今天冒昧一句，你蕭天賜三十年來只做對了一件事——率兵抗日！」

蕭天賜又問：「勘亂救國，非軍人本份嗎？」

悟塵說：「兵者，以天下不戰為大善！」

蕭望德指著廟堂對蕭天賜說道：「救你性命者，你當如何看待？」

蕭天賜毫不猶豫地說道：「視為父母。」

蕭望德說：「你講得好，日後帶兵，希望你替那些你應該視為父母的人們多想想。這就是我帶你來此地的目的。」

93

十冬臘月，滿天大雪封了渭水。

衣衫襤褸的馬蛋和喜鵲饑寒交迫，一根盲桿相牽，二人步履蹣跚，踩冰踏雪，行走到了凍河的邊緣，彼岸傳來幾聲狗叫，馬蛋和喜鵲遂走向了冰川。

凍河之上有一處冰裂，喜鵲一步跨過，馬蛋卻失足踏入，陷進冰窟。

喜鵲一反癡態，拚盡全力拉馬蛋，邊拉邊喊，大黑也奮力相幫，終於將馬蛋拖拽而出。

面對被救出的馬蛋，喜鵲淚流滿面，緊緊懷抱馬蛋，馬蛋也抱緊喜鵲，動情地說道：「原來這麼多年來你一直在裝瘋？」

喜鵲抱著馬蛋哭道：「小村裡面，你不該拂了秦春香的好意！」

馬蛋亦哭：「妳為我捨了萬貫家財，我會捨了妳嗎？」

喜鵲熱淚長流，唱響了《夫妻討飯》，一曲之後，馬蛋卻不再能夠喘息，慢慢地與冰河凍在了一起。

大黑不叫，喜鵲不哭，天地潔白，相互守望，沉靜之中，一片肅殺。

許久，有了人來，由少漸多，由多漸眾，人們認出了馬蛋和喜鵲，想方設法，一番忙碌，慢慢圍攏過來時，馬蛋和喜鵲白皚皚已成雪人。

大黑環繞再三，無聲無息地遠去，消失在茫茫白雪之間。

眾人低頭端詳，死者身旁，冰雪之上，「罷兵救民」四個大字赫然可見，字跡邊上，一枝刻著俄文的鋼筆已經凍結在河床上。

人們開始落淚，逐漸哭聲動天。

遙遠，群山之中，群狼齊哞。

蕭望德驅車回家途中恰巧路過渭水河邊，看到人們聚在河邊，不由自主地顫動了一下，急匆匆地吩咐車夫前去打探。

車夫來到河邊，看到馬蛋夫婦的屍體，頓時一陣心酸，呆呆地站在冰河上，竟然忘記了回去向蕭望德報告。

蕭望德看到車夫的樣子，極度不安地下車走向了河邊。

圍觀的人們議論著：「要飯的瞎子兩口子死了。」

蕭望德一聽，雙腿僵硬，呆立在那裡半晌竟不能動彈。

人們看見蕭望德又議論了起來：「這蕭家是善人，這瞎子兩口棺材應該是有了。」

車夫止不住眼淚抽泣地問蕭望德：「咋辦？」

蕭望德步履踉蹌地向馬蛋和喜鵲身邊走去，車夫趕緊上前攙扶。

俯身望著冷死在冰天雪地中的馬蛋和喜鵲，蕭望德長歎一聲，吩咐車夫先料理一下。

車夫慢慢地把馬蛋和喜鵲的遺體放平，陽光下，蕭望德一眼看到了喜鵲頸下的半塊斷玉，蕭望德大吃一驚，急忙蹲下身去，托起那半塊斷玉仔細觀察，半晌之後，小心翼翼地把那半塊斷玉摘了下來。

車夫彎腰撿起了喜鵲懷中緊抱著的半截衣袖，只聽噹啷一聲，一片圓圓的鐵片從殘袖之中掉了下來，在冰河之上閃閃發光，閃光中，鐵片中央鑿刻著的一個「兒」字赫然可見。

圍觀的人們見狀，以玉之晶瑩、袖之貴重驚奇不矣。

蕭望德家中，蕭望德夫人淚眼朦朧，蕭望德指著桌上半塊斷玉對妻子說道：「死了。」

蕭望德夫人將手中緊握著的另半塊斷玉慢慢地合對上去，燈光下渾然一體。

蕭望德夫人激動地說道：「真的是他們？」

蕭望德說道：「生一回，救兩回！」

蕭望德夫人說：「蕭天賜會認嗎？」

蕭望德說：「蒼天在上，由不得他吧？」

蕭天賜在軍中接到電報：「父母雙亡，星夜馳歸。」

蕭天賜悲傷不矣地一路驅車趕回家，卻看見父母兩人竟好端端站在門口，蕭天賜驚訝地問道：「誰發的電報？」

管家點頭上前，蕭天賜大怒：「你搞什麼名堂？信不信我斃了你。」

蕭望德拉著蕭天賜的手，說道：「你還記得關中道上那兩個有名的乞丐嗎？」

蕭天賜一愣：「咋了？」

蕭望德說道：「死了。」

蕭望德夫人忍不住流下眼淚，說道：「孩子，那是你的親爸親媽呀！」

蕭天賜大吃一驚：「你說啥？」

94

渭河邊上，十里冰封，一個恢宏大方、氣象不俗的靈堂格外醒目，靈台四周聚集著眾多的百姓。

蕭望德家中，蕭望德夫人帶著一臉的淚痕，從箱底取出了一件水紅色的女式衣服，衣服的上面放著兩個半塊玉佩，對蕭天賜說道：「你認得這半塊玉佩嗎？」

蕭天賜拿起其中的半塊，回答：「小時候戴過，怎麼還有半塊？」

蕭望德夫人說：「你的親爸親媽當年把你放在橋頭上的時候，留了半塊給你，另外半塊始終帶在自己的身上。」

蕭天賜的臉上沒有表情：「你們叫我回來到底要幹什麼？」

蕭望德夫人又取出一段殘破不堪的衣袖，仔仔細細地拼向了水紅色的衣服，說道：「我們當年從橋頭把你抱起來的時候，這件衣服包裹著你的身體，而這一條斷袖是從你的親媽身上撿到的，三十年來，我們一直收著這件衣服，你那親媽卻一直把這條衣袖貼在胸前。」

蕭天賜有些煩躁：「你們急著叫我回來到底要幹什麼？」

蕭望德一臉正色：「叫你回來，是讓你給親爹親娘行孝送終。」

蕭天賜看了蕭望德一眼，又看了蕭望德夫人一眼，一字一頓地說道：「我的親爸親媽硬朗著呢！」說罷一轉身走了。

渭河灘上，人們越聚越多。

蕭天賜臉上帶著一片茫然慢慢走來，人們不由自主地為蕭天賜讓出了一條路。

一路跟隨過來的蕭望德夫婦走上前來，指著靈台對蕭天賜鄭重地對說道：「那的確是你的親生父母，我們沒有必要編出一個故事，逼著你為一對乞丐發喪。」

蕭天賜說：「馬蛋和喜鵲民間義丐，我是轄區長官，以政府的名義發送他倆是順應民心的事情。年幼的時候，身染重病，被人家救過，送兩口棺材給他們，那是報恩。這件事我做，別的事情二老不要再提了。」

蕭望德夫人張了兩下嘴沒有說話，蕭望德略一思忖，說道：「無論你拿什麼身分去管，總得到人家的老家去報一聲喪吧！」

蕭天賜帶著兩個兵來到澧峪嶺，馬道霖殘破的舊宅門口。

一位年長的老人感歎道：「這個宅子可是很久很久沒有來過大官了。」

蕭天賜脫口問道：「以前有官來嗎？」
老人說道：「來過，這可是一個大戶呀，馬道霖！馬道霖可是一個大人物呀！」
蕭天賜問道：「後來呢？」
老人說：「讓一個叫做周守仁的惡霸給整垮了。」
蕭天賜問：「那個叫周守仁的呢？」
老人說：「讓馬道霖的兒子殺了。」
蕭天賜說：「也算是惡有惡報吧。」
老人說：「是呀，周守仁有個兒子，比他爹還壞，那真是橫行鄉里，作惡無數呀，一鎮的人恨得咬牙切齒。」
蕭天賜正色地說道：「這個人何在？」
老人說：「當街作惡，被一個十幾歲的孩子一槍給崩了。」
蕭天賜的臉上微微一震：「你能帶我進這個院子裡看看嗎？」
蕭天賜來到葉家村，先來到黃鬍子家，身後一丈遠跟著兩個挎手槍的士兵。
有人指著黃鬍子說道：「馬蛋和喜鵲死了，這個長官查來了。」
黃鬍子撲通一下雙膝跪地：「我害過馬蛋和喜鵲，我也救過馬蛋和喜鵲。」
隨即黃鬍子講述了受葉老七指使跟蹤馬蛋和喜鵲，由追殺迫害到暗中保護，以為葉老七奪取喜鵲家的暗財一事。

子。」

蕭天賜隨口問道：「暗財在什麼地方？」

黃鬍子說：「哪裡有什麼暗財呀？馬蛋和喜鵲討飯幾十年其實就是在找自己的孩子。」

蕭天賜問道：「孩子是怎麼回事？」

黃鬍子說：「馬蛋和喜鵲親生的孩子，受葉老七的指使，從孩子在肚子裡的時候我就去追他，看著孩子生在山上。」

蕭天賜接著問：「後來呢？」

說：「後來追到橋頭，大人孩子都不見了。」

蕭天賜久久地盯著黃鬍子，半晌之後，默默地走了。

黃鬍子帶著詫異的目光望著蕭天賜，遲疑地問道：「您是誰呀？」

蕭天賜沒有理睬。

黃鬍子又向帶領蕭天賜來的人問道：「他是誰呀？」

那個人說道：「反正是能辦你的人。」

黃鬍子突然間打了個哆嗦：「他別是那孩子吧？」

葉老七家——

葉老七老朽不堪，癱瘓在床，蕭天賜一腳踏入，葉老七吃了一驚，蕭天賜開口說道：「我為馬蛋和喜鵲而來。」

葉老七痛心地說道：「馬蛋和喜鵲死了，是我這個當七叔的罪過。如果你想為馬蛋和喜鵲尋仇出氣，一槍把我崩了便是。」

蕭天賜平靜地說道：「你是喜鵲的叔叔，我無意追究你們的家事，如果你肯講，我倒是願意聽一聽他們兩個人的故事。」

葉老七一聲長歎，老淚縱橫……

＊　＊　＊

蕭天賜一行又來到當年的酒坊，當年煙騰火旺的酒坊早已坍塌，荒草萋萋，在旁人的指點下，蕭天賜來到當年那間田間小屋所在的地方。

小屋早已不知去向，原來的地方有一些斷磚殘瓦湮沒在荒草之中，蕭天賜孤獨地站著，兩個衛兵遠遠地居然不敢過去。

＊　＊　＊

蕭家集上，蕭天賜親自挑選了兩口上好的棺材，讓幾個士兵抬上汽車，在人們驚異的目光當中向渭河灘駛去。

老百姓們議論紛紛：「將軍葬花子，自古未聞。」

有人猜測：「他們之間，不會是有什麼關係吧？」

另有人說道：「那麼大一個官，跟要飯的能有啥關係？蕭家一世贈棺無數，馬蛋和喜鵲是出了名的義丐，蕭家葬他倆也是情理之中的事情。」

紮花圈，掛挽幛，蕭家一片忙碌之中，下人報告，外面有三人求見。

蕭望德讓下人把他們請了進來，三個人來到堂上，見到蕭望德，跪地便拜，蕭望德十分驚異：「你們是誰，為什麼要拜我？」

大瓦刀說道：「蕭老爺義葬我們的養父養母，我們當然要拜謝。」

站在一旁的蕭天賜問道：「馬蛋和喜鵲救過你們？」

大瓦刀回答：「不僅救過我們，論及恩情，他們就是我們的親爸親媽，現在人走了，身邊不能沒有孝子。」

蕭望德夫人看著跪在地上的幾個孩子，不由自主地一陣衝動，對蕭天賜脫口說道：「你也去送送馬蛋和喜鵲他們吧！」

蕭天賜一口答應：「沒問題，我送。」

渭河灘上，人群越聚越多，白蠟素燈，大瓦刀等三人日夜為馬蛋和喜鵲守靈。

＊　＊　＊

灃峪嶺，馬蛋故鄉。

有人議論，當年周守仁這個惡霸逼起馬家，馬蛋歷經苦難，行乞仗義，名貫三秦，然而鄰里之人卻從未援手，如今人死了，澧峪嶺難道出不了兩口棺材嗎？

於是，有人出面募捐集資，大家紛紛解囊，選了幾個身分合適的人，抬著兩口新漆的棺材，舉著悼幡，浩浩蕩蕩地前往渭河灘上而去。

葉家村裡，馬蛋和喜鵲死亡的消息引起了震動，村民們議論紛紛，有人傷感地說道：「喜鵲是咱們自家的女兒，馬蛋若沒有葉老七、費笠濟的迫害，早也是咱們葉家的女婿了，咱們恐怕得管。」

另有人說：「別看馬蛋和喜鵲行乞幾十年，但是兩人帶給葉家人的除了慚愧之外，並無恥辱，而是榮耀，如今客死他鄉，不接回厚葬，何有顏面做人？」

於是，也捐出了兩口棺材，派出人馬，奔渭河而去。

蕭家堂屋裡，親友們問蕭望德：「葬禮的一切都準備好了，為什麼還不入殮？」

蕭望德說：「要等蕭天賜心甘情願地當孝子。」

親友們大吃一驚。

蕭望德鄭重地說道：「蕭天賜並不是咱們蕭家的親骨肉，而是抱養的，那兩位乞丐才是蕭天賜的生父生母。」接著詳細地講述了蕭天賜的來歷。

親友們聽後震驚當中帶著唏噓，有人說道：「以蕭天賜現在的地位，現在的身分，忽然變成了一對乞丐的兒子，這怎麼可能接受呢？」

也有人說：「萬一蕭天賜硬是不認，又怎麼辦，到時候蕭家怎麼收場？」

還有人說：「為了避免尷尬和麻煩，不如以蕭天賜的名義立即入殮，來個快刀斬亂麻。」

蕭望德堅持地說道：「我不想逼蕭天賜，但我也不想給蕭天賜留遺憾，葬父葬母，是人的天責，我們代替不了他做。蕭天賜如說一聲不認不葬，我辦！」

蕭家堂屋正說著，下人闖了進來說：「靈棚那邊出事了！」

蕭望德問：「什麼事？」

下人說：「灃峪嶺的人和葉家村的人打起來了。」

蕭望德又問：「為什麼打？」

下人說：「四口棺材對頭，都爭著說馬蛋和喜鵲是他們家的人。」

蕭望德來到渭河邊，離靈棚老遠便聽到棚內爭吵聲廝打聲，蕭望德走向靈棚裡面，眾人聽說蕭家老爺來了，頓時都住了手。

蕭望德問：「為什麼爭執？」

葉家村的人說：「葬我們家的人。」

灃峪嶺的人立刻反駁：「那是我們家的人。」

葉家村的人說：「要了幾十年的飯，沒見你們管過？」

灃峪嶺的人立刻反駁：「要飯是你們葉家人逼的！」

雙方的爭執聲中，蕭望德突然說了一句話：「馬蛋和喜鵲是我們家的人！」

一下子，所有的人都愣住了。

＊　＊　＊

蕭望德家中，蕭天賜雙膝跪在蕭望德夫妻面前：「我可以以孝子的身分喪馬蛋和喜鵲，但是，只有你們是我的親爸親媽，我絕不會以他人為父為母！」

蕭望德聲淚俱下：「名貴玉佩，必出富戶，水紅緞帛，亦非平常，一個出身大家的女人跟著一個雙目失明的瞎子討飯三十年，行善八百里，喝來斥去，任人打罵，始終不改仁義道德，這樣的父母不可以認、不應該認嗎？屍體已經搬回來了，一切喪葬應用之物也已經準備就緒了，你也回來了，這件事就交給你了。靈堂主祭由你！我希望你能好好盡到人子的責任。」

冰河之上，馬蛋和喜鵲死亡的地方，蕭天賜手中持著鋼筆，陷入沉思……

葬禮的前一天，從渭河上游走下一個和尚，身上是破舊不整的袈裟，腳上是自己手編的草鞋，背上是一個鼓鼓囊囊的灰色布袋，手中是一柄木魚邊走邊敲，嘴裡念著一首沒頭沒尾的歌兒。

蕭家大院內，蕭望德突然聽到門外傳來「梆梆！梆梆！」的聲音。

聽到聲音，蕭望德對下人說：「不會是華山廟裡的悟塵師傅來了吧？」

下人回答：「正是。」

堂屋，蕭望德問悟塵：「不知悟塵今日來此，化些什麼緣？」

悟塵對著蕭天賜說：「今日一不化錢糧，二不化衣物，特來拜望蕭家少爺。」

蕭天賜一聽抬起頭來，從頭到腳打量著悟塵說道：「大師前來，想必有所賜教？」

悟塵說：「豈敢賜教。老衲此次前來，不過是送琴而已。」

蕭天賜奇怪地說：「送琴？」

悟塵從布囊中取出馬蛋寄存於廟中的胡琴說道：「此琴乃義丐馬蛋所遺，幾十年來，這把琴的聲音撫慰著萬千百姓，成為關中道上的一曲聖音。如今馬蛋的琴聲成為絕響，老衲將琴給你，琴聲能否再響，響起的琴聲能否讓社稷祥和，百姓安寧就非老衲所能夠作為的了。」

蕭天賜二話不說，雙手捧過了悟塵遞過的琴。

95

馬蛋和喜鵲安葬之日，白雪皚皚的渭河灘上黑壓壓地站滿了人。

六副棺材停放在靈台之上，修整過儀容的馬蛋和喜鵲並肩躺在棺材前邊。

人群當中有人問：「兩個人，六副棺，怎麼整？」

另有人說：「人家娘家的人、婆家的人都出了棺材了，不用不好吧？」

也有人說：「蕭家發話了，他葬。」

蕭家的一個下人走過來，突然說道：「你們都別瞎猜了，馬蛋和喜鵲是我們家少爺的親爸親媽，肯定要裝進我們蕭家的棺材。」

旁邊的人聽到這句話炸開了鍋，一陣低沉的驚呼之後，原本紛亂的人群一下子變得鴉雀無聲。

執事帶著一夥人白衣素服走上靈台，齊刷刷地站在六口棺材的後面，河灘上的人們目光一下子凝聚在台上，氣氛居然變得緊張了起來。

大瓦刀他們三人披麻戴孝走上台去，高喊了一聲：「爸！媽！」齊刷刷地跪在馬蛋和喜鵲身後。

隨後，蕭天賜一身戎裝胸配白花，一步一步地走上了靈台。

蕭天賜望著佇立在冰天雪地中的人群。

人群中，被家人架著的葉老七痛心疾首。

黃鬍子淚流滿面。

清水鎮藥鋪掌櫃老態龍鍾舉著一桿豎旗，上書：「苦情退鼠疫撒錢救萬民」。

關中旱民扮著牛頭馬面。

葦子坑新民吹起嗩吶。

山野寡婦秦春香的一張淚臉在人群中清晰可見。

蕭天賜呆立半晌，出人意料地向密密麻麻的人群深深地鞠了一躬，說道：「我是蕭天賜，我主持今天的葬禮。」

站立在人群中的悟塵突然說道：「且慢。」

蕭天賜一愣。

悟塵一臉鄭重地繼續說道：「老衲請問你一句，施主以何種身分主持今天的葬禮？」

大家不禁嗡的一聲議論了起來。

蕭天賜心平氣和地說：「悟塵師傅，佛家以善為本，兩位逝者歷盡甘苦，行善事，傳德行，關中道上有口皆碑，身邊又無子嗣，蕭天賜身為晚輩代為盡孝，應該是可以的。」

悟塵說道：「阿彌陀佛，老衲是出家人，出家人不打誑語，施主恕老衲得罪，你蕭天賜根本就是馬蛋和喜鵲的親生兒子。」

人群中又是一聲驚呼。

蕭天賜平平靜靜地站在台上，待驚呼止息之後，對著無數雙驚奇中帶著詢問的眼睛，坦然地說道：「悟塵師傅所言不錯，我蕭天賜的的確確是爸媽抱養來的，但是蕭天賜自幼明白一個道理，養育我者即親生父母！」

這時蕭望德開口說道：「你的親生父母並非不願意撫養你，而是在面臨災禍時把你丟失了，這幾十年來，雖然他們歷經艱險，但一直沒有放棄尋找你。」隨即拿出那枚銀元狀的鐵片，指著上面的「兒」字說道：「這上面一個兒字，分明是用憐子之情磨礪出來的。」

蕭天賜不再說話，從蕭望德手中接過鐵片，揣入懷中。

執事宣佈：「蕭家喪事開始。」

蕭天賜開始宣讀悼詞，大家鴉雀無聲地聽著。

悼詞宣讀完之後，執事等人開始將馬蛋和喜鵲的若干遺物分別放入澧峪嶺和葉家村送來的棺中，蕭天賜吩咐台上的人們將馬蛋和喜鵲的遺體往自己準備的棺材裡抬。

突然間一陣騷亂，衰老不堪、一身傷痕的丐幫幫主藍天虎帶著一大群乞丐衝了過來，一個個衣衫襤褸、手持打狗棍，整整齊齊地站在了靈台下面。

藍山虎一臉威嚴冷若冰霜地看著蕭天賜，說道：「你到底當不當孝子？你要是不當這個孝子，我們這群花子當。」

人群中響起一片要求蕭天賜認親生父母的喊聲。

大瓦刀他們三人突然大聲喊道：「哥！」

人們頓時安靜下來。

蕭天賜不聲不響跪在了棺材後邊。

司儀宣佈封棺入殮，鐵釘、響錘，聲聲震耳，擊打人心。

最後一根鐵釘打入棺木之際，司儀高喊一聲：「棺起！」

大瓦刀等三人突然伏棺嚎啕，大呼「爸媽」！

蕭天賜伸出雙手，伏向棺木，慢慢地把臉頰貼在棺材上。

哀樂聲中，靈柩緩緩起動。

蕭天賜扶棺走在最前邊，緊跟著的是挽幛挽聯、經幢、花環、葬紙，被大家高高舉起，不斷被人拋起的紙錢在晨風中飄拂，引魂幡後邊一排六副棺材浩浩蕩蕩，棺材後邊，千人落淚，萬眾相隨，送葬隊伍逶迤十多里，蔚為壯觀。

事先為馬蛋、喜鵲挖好的墓穴前，蕭天賜跪於中央，大瓦刀等三人跪在蕭天賜的身邊。

藍山虎默默地將一直緊握在手中的「丐王杖」放在了馬蛋的棺木上。

澧峪嶺和葉家村的人們不由自主地走上前來，慢慢地將黃土撒到棺材上面。

一旁，蕭望德輕聲地對一言不發的悟塵說道：「你不想為他們念一段經文嗎？」

悟塵雙手合十：「他們兩個就是經文中的人。」

蕭望德望著在葬禮中哀傷不矣的人們，不再言語。

遠方峽谷中傳出了一聲悠長的狼嗥，人們遠遠望去，山巔之上，大黑的剪影正向天而仰。

一切過後，蕭天賜著戎裝，獨立冰河，葬禮上人們踩出的腳印，鋪滿了死一般寂靜的封凍的河面，那個冰窟附近卻潔淨如初，冰窟被人用白雪築牆，小心翼翼地保護了起來。

蕭天賜手握那枝鋼筆，佇立於側。良久，蕭天賜慢慢地拔出槍來，一下一下，向天打光了所有的子彈。

葬禮之後，蕭天賜罷兵了。

馬蛋、喜鵲、大黑成為了一個漸行漸遠的傳說。

傳說慢慢演變成了今天的故事。

釀小說16　PG0936

夫妻討飯
──傳奇義丐馬瞎子

作　　者　上官太白
責任編輯　林泰宏
圖文排版　張慧雯
封面設計　王嵩賀

出版策劃　釀出版
製作發行　秀威資訊科技股份有限公司
114 台北市內湖區瑞光路76巷65號1樓
電話：+886-2-2796-3638　傳真：+886-2-2796-1377
服務信箱：service@showwe.com.tw
http://www.showwe.com.tw
郵政劃撥　19563868　戶名：秀威資訊科技股份有限公司
展售門市　國家書店【松江門市】
104 台北市中山區松江路209號1樓
電話：+886-2-2518-0207　傳真：+886-2-2518-0778
網路訂購　秀威網路書店：http://www.bodbooks.com.tw
國家網路書店：http://www.govbooks.com.tw
法律顧問　毛國樑　律師
總 經 銷　聯合發行股份有限公司
231新北市新店區寶橋路235巷6弄6號4F
電話：+886-2-2917-8022　傳真：+886-2-2915-6275

出版日期　2013年3月　BOD一版
定　　價　250元

國家圖書館出版品預行編目

夫妻討飯：傳奇義丐馬瞎子 / 上官太白著. -- 一版. -- 臺北市：釀出版, 2013.03
面； 公分. -- (釀小說；PG0936)
BOD版
ISBN 978-986-5871-19-2 (平裝)

857.7 102002146

讀者回函卡

感謝您購買本書，為提升服務品質，請填妥以下資料，將讀者回函卡直接寄回或傳真本公司，收到您的寶貴意見後，我們會收藏記錄及檢討，謝謝！
如您需要了解本公司最新出版書目、購書優惠或企劃活動，歡迎您上網查詢或下載相關資料：http:// www.showwe.com.tw

您購買的書名：________________________________

出生日期：________年________月________日

學歷：□高中 (含) 以下　□大專　□研究所 (含) 以上

職業：□製造業　□金融業　□資訊業　□軍警　□傳播業　□自由業
　　　□服務業　□公務員　□教職　□學生　□家管　□其它_____

購書地點：□網路書店　□實體書店　□書展　□郵購　□贈閱　□其他

您從何得知本書的消息？
□網路書店　□實體書店　□網路搜尋　□電子報　□書訊　□雜誌
□傳播媒體　□親友推薦　□網站推薦　□部落格　□其他__________

您對本書的評價：(請填代號　1.非常滿意　2.滿意　3.尚可　4.再改進)
封面設計____　版面編排____　內容____　文／譯筆____　價格____

讀完書後您覺得：
□很有收穫　□有收穫　□收穫不多　□沒收穫

對我們的建議：________________________________

____

____

____

請貼
郵票

11466
台北市內湖區瑞光路 76 巷 65 號 1 樓
秀威資訊科技股份有限公司 收
BOD 數位出版事業部

……………………………………………………………………………

（請沿線對折寄回，謝謝！）

姓　　名：＿＿＿＿＿＿＿＿＿＿　年齡：＿＿＿＿　性別：□女　□男

郵遞區號：□□□□□

地　　址：＿＿＿＿＿＿＿＿＿＿＿＿＿＿＿＿＿＿＿＿＿＿＿＿＿＿＿

聯絡電話：(日)＿＿＿＿＿＿＿＿＿＿＿＿(夜)＿＿＿＿＿＿＿＿＿＿＿＿

E-mail：＿＿＿＿＿＿＿＿＿＿＿＿＿＿＿＿＿＿＿＿＿＿＿＿＿＿＿